Perfume de Lavanda

Geraldo Rocha

Perfume de Lavanda

ns

São Paulo, 2021

Perfume de Lavanda
Copyright @ 2021 by Geraldo Rocha
Copyright @ 2021 by Novo Século Ltda.

EDITOR: **Luiz Vasconcelos**
COORDENAÇÃO EDITORIAL: **Stéfano Stella**
PREPARAÇÃO: **Daniela Georgeto**
REVISÃO: **Flávia Cristina de Araújo e Simone Habel**
ILUSTRAÇÕES: **Paula Monise**
ARTE-FINAL DE CAPA E DIAGRAMAÇÃO: **Plinio Ricca**
PROJETO GRÁFICO: **Plinio Ricca, Paula Cortinovis e Stéfano Stella**

Texto de acordo com as normas do Novo Acordo Ortográfico
da Língua Portuguesa (1990), em vigor desde 1º de janeiro de 2009.

Dados Internacionais de Catalogação na Publicação (CIP)
Angélica Ilacqua CRB-8/7057

Rocha, Geraldo
 Perfume de lavanda / Geraldo Rocha.
São José dos Campos : Netebooks, 2019.
 256 p.

1. Ficção brasileira I. Título

20-2821   CDD B869.3

<ns
Uma marca do Grupo Novo Século

Alameda Araguaia, 2190 – Bloco A – 11º andar – Conjunto 1111
CEP 06455-000 – Alphaville Industrial, Barueri – SP – Brasil
Tel.: (11) 3699-7107 | E-mail: atendimento@gruponovoseculo.com.br
www.gruponovoseculo.com.br

A vida é uma constante renovação e um eterno recomeço.

Tudo pode mudar tão repentinamente que, na maioria das vezes, nunca entenderemos o que realmente aconteceu.

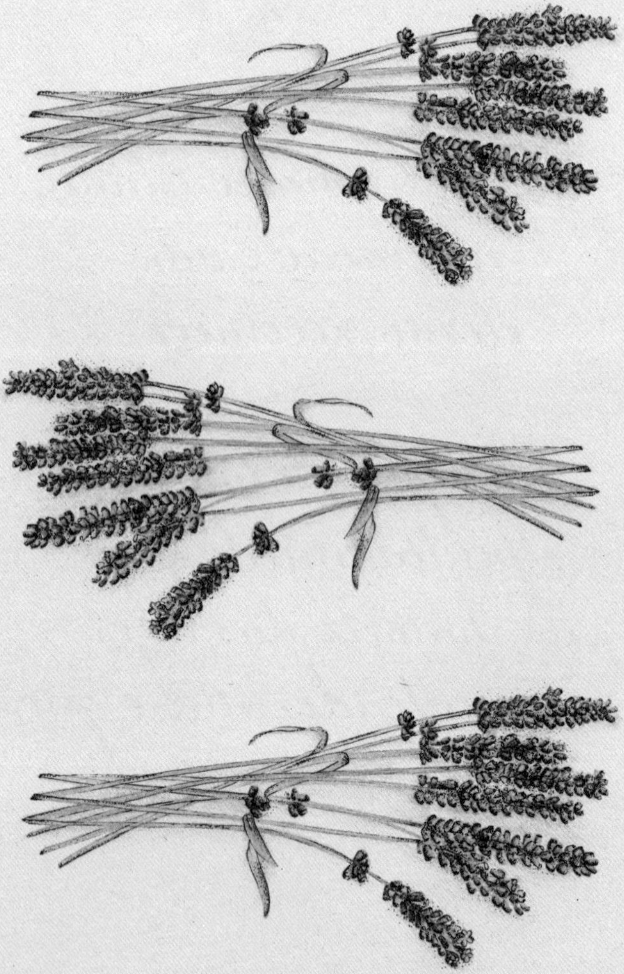

Este livro é dedicado às mulheres:
à *Carmem*, pela presença constante;
à *Fabrini,* pelo incentivo;
à *Jéssica,* pelo espírito aventureiro;
e, em especial, a todas as mulheres corajosas
pelas quais tenho o maior respeito e admiração.

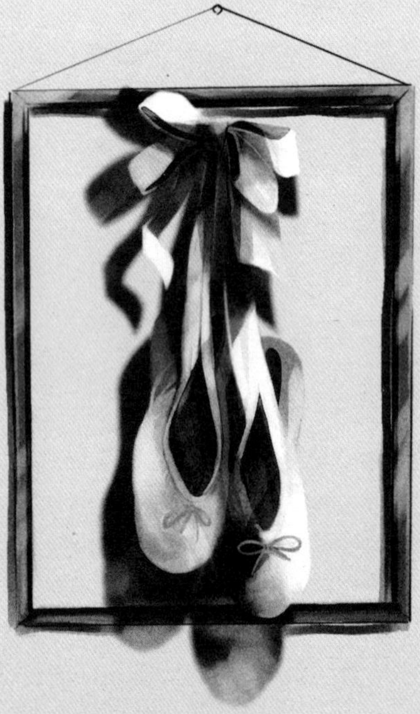

Prefácio

Prefácio

Muitos podem desejar escrever um livro, mas poucos possuem o dom de contar histórias.

Geraldo Rocha é um dos melhores escritores que já tive o prazer de conhecer.

Nossa amizade nasceu através da sua obra, *O Mirante da Montanha*, na qual encontrei, em uma narrativa tranquila e envolvente, uma história simples, mas contada de uma forma extraordinária. Eu me apaixonei!

Quando soube da possível existência de uma nova obra, implorei para ler o manuscrito. Ele, gentilmente, permitiu.

E que obra!

Perfume de Lavanda destacou toda a sensibilidade do seu talento. Agora em um cenário mais nobre, diferenciado. No entanto manteve o toque de realidade, de pessoas como eu e você, que lutam diariamente com dilemas e as consequências das nossas decisões.

Espero que esta história não apenas o emocione, mas lhe mostre que, até nos momentos em que a vida é difícil, ainda é um presente poder viver, recomeçar e fazer novas escolhas.

Com amor,

Marina Mafra

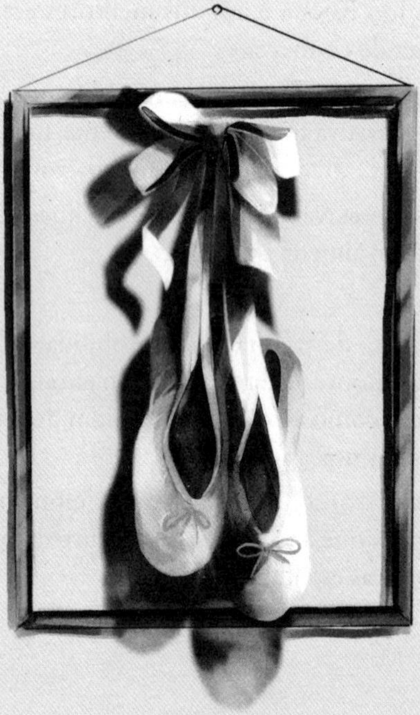

Prólogo

Prólogo

Sabrina acordou antes das seis horas da manhã. O barulho do vento batendo contra as venezianas da janela produzia um ruído constante, impedindo que ela tivesse um sono reparador. Passou a noite revirando na cama, de um lado para o outro, despertando sobressaltada várias vezes, com aquele tipo de pesadelo relâmpago em que a pessoa está dormindo e acordada ao mesmo tempo. Por sua mente passavam imagens desconexas, misturando pessoas e fatos aleatoriamente. Finalmente, resolveu se levantar e ficou olhando a paisagem através da sacada do pequeno apartamento em que morava.

O céu carregado de nuvens espessas escondia os primeiros clarões do amanhecer. Ao longe, uma cerrada neblina encontrava-se com o horizonte, lembrando uma grande muralha de tons escuros e ameaçadores. Sabrina colocou um pouco de água na chaleira e preparou uma xícara de chá. Bebeu lentamente, soprando o líquido para não se queimar. A noite mal dormida havia lhe tirado a capacidade de concentração, e ela olhava para longe, absorta em antigas lembranças. O concerto a que fora assistir na noite anterior trouxera muitas recordações e uma nostálgica tristeza em sua alma. Vestiu um agasalho, trocou as pantufas por um tênis e desceu as escadas com o passo apressado para espantar a lassidão.

O apartamento, no último pavimento de um prédio de quatro andares, era uma construção antiga. O *hall* de entrada do edifício possuía um pé-direito alto, com corredores espaçosos. Para acessar os andares, havia dois elevadores instalados em uma reforma recente, e uma escada principal com corrimão de madeira. A iluminação da área comum não era das melhores, porém não comprometia a segurança. A parte interna dispunha de dois quartos, uma sala em L, onde ficava um sofá que se transformava em cama, uma mesa com tampo de vidro e quatro cadeiras. Um pequeno aparador suportava um vaso com flores artificiais que enfeitava o ambiente. Vez por outra, Sabrina comprava uma orquídea natural, que era a sua flor favorita, deixando-as conviver lado a lado por algum tempo.

Dividida por uma meia-porta tipo *saloon* ficava a cozinha, que se conjugava com a sala. Um fogão de quatro bocas, uma máquina de lavar e os armários para louças e mantimentos compunham o mobiliário. Parecia pequeno, mas era razoavelmente espaçoso.

O prédio havia passado por uma reforma geral. As paredes foram pintadas de uma cor de terra molhada, as portas de cinza escuro e as pastilhas foram recuperadas. A construção não era clássica nem moderna, mas se confundia com a paisagem da cidade. O preço do aluguel valia a pena, pois o apartamento era bem localizado. Muito mais simples do que outros espaços que ela desfrutara ao longo da vida, mas combinava perfeitamente com a fase em que estava vivendo.

A poucos quarteirões, podia-se chegar facilmente à Fontaine de la Rotonde, a fonte mais famosa da cidade. Construída por volta de 1860, com dimensões excepcionais, a fonte tinha três estátuas que na concepção original representam: a *Justiça*, voltada para o centro da cidade; a *Agricultura*, voltada para Marselha; e as *Belas Artes*, voltada para Avignon. A primeira do mundo com a base em ferro fundido, a fonte ficava no início da avenida principal, Cours Mirabeau, considerada uma das mais belas avenidas da França. Com seus 440 metros de comprimento e 42 metros de largura, ladeada por grandes árvores nas calçadas, construções em estilo clássico e telhados vermelhos, a avenida trazia uma interação perfeita entre o antigo e o moderno, sendo uma passagem obrigatória para os visitantes.

Sabrina pegou sua bicicleta no andar térreo do prédio, em um espaço comum onde os moradores guardavam alguns pertences como skates e bikes. Começou a pedalar em direção ao parque *Jourdan*. Às vezes, quando se sentia entediada, ela gostava de interagir com a natureza, sentindo o cheiro das árvores e ouvindo o canto dos pássaros, o que lhe trazia paz interior.

– Vamos lá mais uma vez, *spider* – falou com a bicicleta, como se dialogasse com alguém.

Quando saiu na rua, sentiu a brisa vinda dos campos. Instintivamente ela apertou os olhos e acelerou as pedaladas, ganhando mais velocidade. Uma hora depois, estacionou a bicicleta em um canto do parque para comprar uma garrafa de água. Enquanto caminhava até o quiosque, um vento forte bateu em seu rosto. Ela colocou as mãos nos bolsos para esquentar um pouco e seguiu em frente. Naquela hora da manhã, poucas pessoas se aventuravam por ali.

Um senhor que ela encontrava toda vez que ia ao parque estava sentado em um banco, tremendo de frio. Protegia a cabeça com um gorro surrado, de cor marrom, parecendo bem desgastado pelo tempo. Sabrina tinha a impressão de que ele morava em algum lugar nas imediações ou talvez nem tivesse para onde ir e dormia pela vizinhança. Algumas sacolas gastas em volta dele guardavam as poucas coisas que possuía.

– *Bonjour, monsieur* – ela o cumprimentou.

Ele resmungou, mal-humorado:

– *Bonjour, madame*.

Aquele encontro com o velhote a deixou comovida pela sensação de desamparo que ele aparentava. No entanto, apesar do aspecto emburrado e das roupas gastas, seus olhos azuis e límpidos transmitiam muita luz. Não parecia estar sofrendo ou infeliz. O semblante era de alguém que aceitava a situação em que se encontrava, sem mágoas ou ressentimentos. Isso a levou a recordar de fatos passados, acontecimentos importantes em sua vida, em que houvera muita aceitação e resiliência. Não que fossem lembranças antigas. Eram relativamente recentes, mas estavam guardadas em lugar distante. Muitas delas no fundo de sua alma, outras apenas no pensamento – e algumas já estavam quase apagadas.

Quando chegou em casa, sentia-se exausta. Tomou um banho, vestiu uma roupa confortável e recostou-se no sofá. Pegou uma maçã e, antes de terminar de comer, sentiu um leve torpor invadindo seu corpo. Relaxou, adormecendo profundamente por algumas horas. Acordou sobressaltada, com o telefone tocando insistentemente.

– Alô – atendeu, ainda sonolenta.

– Olá, Sabrina, estamos no restaurante esperando por você. Já é quase meio-dia. Você vai demorar ou podemos pedir alguma coisa?

Ela se esqueceu de que havia marcado com as amigas do conservatório de dança para almoçar.

– Desculpe, amiga. Saí para pedalar e, quando voltei, peguei no sono. Mas não se preocupe, chego em 20 minutos.

Desligou o telefone e disparou para o quarto. Trocou de roupa, retocou a maquiagem e quinze minutos depois chegou ao restaurante. Valéria estava acompanhada de outras duas colegas.

– Ficou de ressaca ontem? – brincou ela.

– Não fiquei. Bebi apenas duas taças de champanhe. O concerto foi belíssimo, e o jantar não poderia ter sido melhor – respondeu ela.

Marcela entrou na conversa:

– O Marcos ficou encantado em te conhecer. Hoje de manhã, meu celular estava inundado de mensagens, perguntando se você tinha gostado da comida, do vinho, essas coisas...

Sabrina respondeu, sem muito entusiasmo:

– Ele é realmente muito educado e bonito.

Valéria tocou em seu braço e falou:

— Verdade, ele é bem interessante. É português e veio de Lisboa recentemente. É diretor de uma filial do banco BNP Paribas, que fica em Marselha. Acho que ficou entusiasmado com você.

— Hum, não sei se estou interessada, pelo menos por enquanto. Depois de dois casamentos, beirando os quarenta anos... Será que ainda tenho disposição para recomeçar? Acho que nem sei mais o que é namorar – brincou Sabrina.

Vera, que se mantivera em silêncio, prestando atenção à conversa, interferiu:

— Qualquer tempo é tempo de recomeçar, menina. E quem disse que ter quarenta anos é impeditivo? Você é muito jovem e bonita.

Sabrina respondeu:

— Obrigada, Vera. Mas não é esse o caso. É que um relacionamento sério envolve muitos compromissos e pode trazer mudanças significativas na vida da gente. Não sei se estou preparada. Mas, pelo que percebi, você estava toda empolgada com o outro rapaz. Como é mesmo o nome dele?

Vera ficou surpresa com a pergunta, e respondeu:

— Aquele é o Franco, um estudante de engenharia. Nós temos nos encontrado de vez em quando. Na semana passada, ele comprou o ingresso para o concerto e me convidou para assistirmos juntos.

Valéria voltou a intervir:

— Aquele amigo do Marcos é muito inteligente também, Sabrina. O Paolo. É italiano e trabalha no banco. Ele me chamou para sair novamente.

— Ele parece ser interessante mesmo. Pode ser um cara legal para você conhecer melhor, eu acho.

Sabrina conheceu Valéria dezessete anos atrás, quando fez intercâmbio na escola Corpo de Teatro de Paris, e posteriormente, participou de uma turnê como bailarina convidada, ocasião em que consolidaram a amizade. Ela era quase três anos mais nova e acabara de completar trinta e sete anos. A pele era morena clara, olhos escuros, o cabelo cortado na altura dos ombros, bem lisos e negros. A mãe era italiana; o pai, francês. Ela herdara as características da mãe até no jeito meio esquentado de tratar as coisas. Casara-se aos vinte e sete anos com um diretor de teatro, e o casamento havia durado oito anos. Do enlace veio a filha Liza, que estava com sete anos. Separaram-se três anos atrás, por causa do envolvimento do marido com uma modelo, quando então mudou-se para Aix-en-Provence.

Uma separação traumática! Ela ficara muito abalada com a situação. Não esperava tamanha falta de amor e consideração. Por um longo tempo, não quis se aventurar em uma nova relação, mas agora estava se abrindo para novas possibilidades. Ao menos tinha saído com rapazes, e estava falando sobre isso.

Almoçaram e conversaram sobre muitas outras coisas. Depois da sobremesa, finalizaram com um *cappuccino* de chocolate. Foi uma tarde agradável, e já eram quase cinco horas quando Sabrina resolveu voltar para casa.

Dois anos atrás, quando se mudou para a França, Sabrina escolheu a Provence para morar. Havia conhecido a região quando jovem, na época do intercâmbio que fizera em Paris. Valéria a convidara para um fim de semana, e pegaram um voo até Marselha, depois fizeram um *tour* de carro pelas várias cidades que compõem o departamento de Bocas do Ródano, na região Provença-Alpes-Costa Azul.

Nessa época, ela tinha vinte e três anos, e ficou tão encantada com o lugar que disse para a amiga:

– Um dia, se eu puder escolher, ainda quero morar aqui. Nunca conheci um lugar tão lindo como este. Com tanta paz e beleza natural.

Agora, depois de uma longa jornada de vida, aquele desejo se realizava.

Provence é uma das regiões mais charmosas do sul da França, onde o sol aparece trezentos dias por ano, fazendo com que os moradores e turistas desfrutem de inúmeros destinos paradisíacos. Oferece ainda uma excelente gastronomia e inúmeras rotas de vinho por entre pitorescos vilarejos.

Pequenas cidades medievais, com ruas estreitas e edifícios históricos, tornam a região um lugar à parte, que remete a um passado glorioso. A escolhida por Sabrina foi a pequena e charmosa comuna de Aix-en-Provence, nome em latim que significa "Águas na Provence", que, na época romana, chamava-se Aquae Sextius, em razão das termas que existem até hoje, e que alimentavam diversas fontes espalhadas pela cidade. Aix foi apelidada de "Cidade das Fontes".

Antigamente, as fontes abasteciam os moradores, porém, depois que a cidade providenciou o fornecimento de água diretamente nas casas, passaram a ser apenas decorativas. Aix-en-Provence fica a trinta e três quilômetros de Marselha. Berço do pintor Paul Cézanne, a cidade também é sede da maior universidade da França em quantidade de alunos e uma das mais antigas do país. A mistura de cidade secular com modernos espaços gastronômicos, unindo antiguidade e modernidade, torna a cidade um endereço único na região.

O grande teatro de Provence possui uma extensa vida cultural, com apresentações de peças, dança, canto lírico, música clássica e jazz. Foi nesse pequeno paraíso, muito perto de grandes centros e ao mesmo tempo rodeada por campos de lavanda, que Sabrina encontrou motivação para buscar novos horizontes. Sua rotina consistia, quase sempre, em pedalar até o parque – não tão cedo como naquela manhã –, almoçar e dar aulas no conservatório de dança. Vez por outra, saía com as amigas para almoçar ou no fim de tarde para tomar um café, perto de sua casa.

Nos fins de semana, ela assistia a alguma montagem teatral ou concerto de música e, muito raramente, ia ao cinema, localizado em um pequeno auditório do anfiteatro. O cinema exibia apenas filmes de arte ou de produção independente. Para assistir aos filmes de ação, ou grandes *blockbusters*, era preciso se deslocar até Marselha, que fica a meia hora de carro, tendo ainda a opção de pegar o trem ou algum dos confortáveis ônibus intermunicipais.

Um de seus passeios preferidos acontecia aos domingos. Adorava dirigir por uma ou duas horas para visitar os pequenos e bucólicos povoados que existem nas proximidades de Aix. Na época da floração, visitava os imensos campos de lavanda da região de Plateau de Valensole, indo pelas estradas D108, D93, D8 e depois pela departamental D6.

O rapaz da locadora de veículos já conhecia sua rotina e, quando ela chegava, sempre tinha um carro à sua disposição. Geralmente era um Peugeot 206, fácil de dirigir e de estacionar. Com os vidros abaixados, ela podia sentir o vento e o sol do Mediterrâneo, apreciando o suave aroma daqueles enormes campos. No auge da floração, com as montanhas ao fundo, a sensação era a de ter chegado ao paraíso.

Há milênios, a lavanda é uma flor que inspira inúmeras histórias. Seu óleo essencial é utilizado na beleza, no bem-estar e também na alimentação. O sorvete de lavanda é um companheiro perfeito para os dias de calor na Provence, assim como o *crème brûlée à la lavande,* que pode ser apreciado em diversos restaurantes.

As flores da lavanda não florescem na primavera, mas sim no começo do verão europeu, especificamente nos últimos dias de junho, e perduram até meados do mês de julho. Normalmente, os campos de lavanda não possuem cerca e são abertos, podendo ser visitados livremente, possibilitando fotos incríveis.

Sabrina dizia para as amigas que a lavanda era a única flor que podia ser sintetizada em um poema:

Lavanda para perfumar, para acalmar, para limpar, para curar e para dormir... e, por que não, para comer e beber?

Capítulo I

Capítulo I

*S*abrina nasceu na primavera de 1975, em uma manhã ensolarada e quente. Seus olhos abriram-se aos poucos, enchendo o quarto de um azul infinito, trazendo felicidade e alegria para a família. Ainda não tinha cabelo, mas suas bochechas quase douradas já indicavam que seria uma linda menina. Sua mãe, Renata, não cabia em si de felicidade. Depois de dois filhos homens, chegava uma menina, tão sonhada em sua saga de maternidade. Sentia-se completamente realizada. Ela já havia se conformado com a possibilidade de não ter outros filhos depois de dez anos da última concepção. Mas, de repente, sem esperar, viu-se novamente grávida, desta vez de uma menina, que veio encher sua vida de alegria. A gestação não havia sido fácil. Foram meses e meses de angústia, e uma peregrinação sem fim ao hospital. Ela não entendia o porquê de tantos problemas, já que das outras vezes não sentira quase nenhum sintoma.

Para ajudar a gravidez, ela tomava remédios diariamente. Por orientação médica, evitava fazer esforço físico: o simples caminhar era uma tortura; as pernas quase sempre inchadas traziam dores terríveis; o mal-estar era geral. Inúmeras vezes ficara até três dias internada, tomando soro e medicação nas veias para estabilizar os sintomas. A cada visita ao hospital, reclamava com a médica, que lhe respondia pacientemente:

– Não adianta ficar chateada, Renata. Isso às vezes acontece. Nenhuma gestação é igual à outra. O importante é que a medicina nos dá condições de monitorar qualquer indício de problemas, para evitar complicações para você e para a bebê.

– Eu nunca tive dificuldades nas outras gestações. Parecia que nem estava grávida.

– Eu sei, minha querida. Acompanhei você com os outros filhos. Como eu disse, cada gestação é diferente da outra e, no seu caso, é uma gravidez extemporânea. Ela traz mais riscos e muitas complicações. Por isso, estamos fazendo tudo para chegar na hora do parto em condições bastante saudáveis – explicou a médica.

– Eu entendo. Desculpe a minha angústia, o desabafo, mas esses remédios que tomo diariamente... Eu morro de medo de ter algum problema e perder a minha bebê.

A médica compreendia a apreensão dela e aconselhava:

– Está tudo sob controle. Não precisa se preocupar. Só não esqueça que o repouso é absoluto, e se surgir qualquer sintoma diferente, pode me telefonar que vou te atender imediatamente.

– Está bem. Desculpe-me mais uma vez. Estou seguindo tudo à risca – assentiu ela.

– O mais importante neste momento é a sua saúde.

Renata balançou a cabeça concordando. No fundo, ela sabia que valeria a pena o esforço. Mesmo com todos os sintomas que sentia, seu prazer em carregar no ventre uma nova vida, uma garotinha tão sonhada, não tinha preço.

A família morava em Patos de Minas, uma cidade do Triângulo Mineiro, distante 400 quilômetros de Belo Horizonte. Município tipicamente rural, Patos, como era carinhosamente chamado, aproveitou a situação de polo econômico regional para se desenvolver, criando uma estrutura compatível com os grandes centros urbanos do país. Sua população tinha excelente qualidade de vida. Uma cidade bem cuidada, com praças ricamente arborizadas, demonstrava o zelo dos habitantes com o bem-estar social.

Uma das características de Patos era a convivência harmoniosa da história com a modernidade. Fundada em 1868, conservava marcos históricos, como a Catedral de Santo Antônio, e outras construções dos séculos passados, em harmonia com a arquitetura moderna dos tempos atuais. Patos de Minas é a capital nacional do milho, o que orgulha toda a comunidade patense.

Enquanto Renata era coordenadora de uma escola do município, Arnaldo, o patriarca, trabalhava como auditor da Receita Estadual, e sua rotina era bem definida. Fazia questão de almoçar em casa todos os dias, interagindo no dia a dia da família. Os primeiros passos da menina foram acompanhados pelos pais, que seguravam suas mãos e lhe ajudavam a trocar um pé depois do outro. O cabelo, infinitamente loiro, crescia, e com o tempo, foi caindo pelos ombros em cachos dourados. O sorriso cativante mostrava os dentinhos de leite, pontudos e afiados. Era a alegria da casa.

Tudo girava em torno dela. Seus irmãos, apesar da diferença de idade, faziam questão de brincar com ela quando voltavam da escola. Após fazerem os deveres de casa, jogavam dados, que ela bagunçava na maioria das vezes. Sabrina gostava de jogar cartas, mesmo sem saber o que significavam, mas apenas pelo prazer de misturá-las e depois juntar tudo novamente. Quando

Capítulo I

completou cinco anos, ela já frequentava a escola, e sua rotina tomava boa parte do tempo de sua mãe.

Naquele fim de manhã, quando chegou em casa, Arnaldo pegou a menina no colo e beijou suas bochechas rosadas, perguntando:

– Como está minha princesinha hoje?

– Oi, papai, estou bem. Só o Marcelo que bagunçou minhas coisas. Eu odeio quando ele faz isso – reclamou ela, fazendo beicinho.

– Vou ter uma conversa séria com esse menino. Como ele pode desordenar as coisas de uma princesa? Será que ele não tem medo de punição? – brincou o pai.

– Fala mesmo, papai. Ele é muito chato.

– Vamos almoçar, pessoal! Filhinha, já arrumou as coisas para a escola? Hoje tem aula de desenho – gritou Renata da cozinha.

– Está tudo pronto, mamãe. Fiz umas tarefas lindas, até desenhei um arco-íris. Depois você quer ver?

– Claro, minha linda. Quero ver sim. Venham almoçar agora – chamou novamente.

Sentaram-se à mesa e, enquanto falavam das coisas que aconteceram durante a manhã, Sabrina contava para o pai as desavenças entre ela e o irmão. Arnaldo ouvia com atenção, pois sabia que seria cobrado mais tarde, quando chegasse do trabalho. Ele não iria chamar a atenção de Marcelo, aquilo era brincadeira entre irmãos, mas precisava fazer de conta que estava bravo, para a filha saber que tinha sido compreendida.

Sabrina estudava no jardim da infância, interagindo com outras crianças da mesma idade. A escola era perto de casa, e ela frequentava o período vespertino. As professoras se encantavam com a meiguice da menina. Tinha um sorriso nos lábios sempre que alguém falava com ela. Mesmo quando ficava contrariada com as colegas, em vez de chorar alto, como a maioria das crianças, ela se continha, e as lágrimas escorriam silenciosamente pelas faces rosadas. Não que fosse fraca. Parecia que, de tão forte, sua personalidade não deixava transparecer totalmente aquilo que realmente sentia.

Gostava de desenhar e, desde o início, seus trabalhos escolares expressavam traços bem delineados, denotando uma sensibilidade artística diferenciada. Participava das atividades culturais da escola, como teatrinhos, danças folclóricas, recital de poesias, e em todas as ocasiões, lá estava ela, fazendo a diferença. Quando representava, ela incorporava a personagem, com expressões e trejeitos inesperados para alguém daquela idade. Em casa, quando sua mãe assistia a séries e musicais, ela gostava de ficar ao seu lado, acompanhando até o fim. Dizia que um dia seria uma artista famosa, atriz de televisão ou cantora de grande sucesso. Sua mãe não levava isso muito a sério. Pensava consigo mesma: *Qual a criança que um dia não sonhou em ser famosa?*

As crianças, no fundo, costumam se identificar com personagens que trazem a elas a sensação de poder, de conquista e de realização. Faz parte dessa fase da vida, sonhar, viajar pela imensidão do Universo, conquistar estrelas e ganhar batalhas. A criança tem o poder e a liberdade de dar asas à sua imaginação e de explorar todas as possibilidades e fantasias.

Aos sete anos, Sabrina começou a frequentar aulas de balé. O estúdio, dirigido por uma ex-bailarina que já pertencera ao prestigiado elenco da Cia. do Corpo, de Belo Horizonte, era muito respeitado na região. Já revelara talentos para outras partes do Brasil. A diretora, além de dedicada e rigorosa, era dona de uma técnica apuradíssima. E a menina logo se destacou dentre as alunas da sua idade.

Leve, faceira, seus movimentos atingiam o grau de dificuldade mais elevado do exercício. Depois de três anos na escola, a diretora já percebia seu talento diferenciado. Falava com a mãe de Sabrina sobre ela ser dotada de qualidades excepcionais e que poderia ser uma grande bailarina. Contudo, para isso, precisaria se aprimorar em centros mais desenvolvidos como São Paulo, Rio de Janeiro e, posteriormente, quem sabe, no exterior.

Apesar de dedicada ao balé, a pequena levava uma vida normal e, como toda criança, brincava com as colegas de escola e com as amigas do bairro. Gostava das brincadeiras típicas da época, como pique-esconde, bandeirinha, entre outras. Nas férias, viajava com os pais e os irmãos para cidades litorâneas. Adorava pegar ondas, correr na praia e fazer castelos na areia molhada, usando baldes e colheres de plástico.

Aos quinze anos, já participara de inúmeras apresentações, em várias cidades, sendo aplaudida em todos os eventos pelo seu talento e sua técnica impecável. Por alguns meses, frequentou a academia Cia. de Dança, em Belo Horizonte, porém seus pais insistiram que ela deveria primeiro terminar o ensino fundamental, para depois buscar outras oportunidades na carreira.

Capítulo I

A cidade de Patos de Minas promovia, anualmente, uma grande festa em homenagem à produção de milho e fazia parte da tradição escolher, entre as moças mais bonitas, aquela que seria eleita a Rainha Nacional do Milho. O concurso desenvolveu, ao longo dos anos, um sistema para a definição das candidatas ao evento. Doze jovens, previamente selecionadas, frequentam por várias semanas a Escola de Rainhas. Durante esse período, elas iriam galgando posições de acordo com o reconhecimento de suas qualidades, feito por um seleto grupo de profissionais. Elas eram então preparadas para concorrerem em iguais condições no concurso de representação da beleza da cidade. Após as eliminatórias, três escolhidas disputavam o troféu de rainha no evento da festa nacional do milho, realizada no parque de exposições da cidade.

Muitos shows de artistas de renome nacional faziam parte da programação. Leilões de animais de elite, disputa de vaquejadas e rodeios tornavam a festa conhecida no país inteiro. De todas as atrações, a mais concorrida era a eleição da rainha. Naquela disputa final, foram classificadas três garotas: Adriana, Fernanda e Sabrina. Na época com dezessete anos, Sabrina tinha consciência de seu potencial, porém sabia que a disputa estava aberta e que os jurados teriam cada qual sua percepção particular sobre a beleza de cada concorrente. Estava muito ansiosa, mas preparada para o resultado que fosse anunciado, que seria aceito com tranquilidade.

Naquela noite de junho de 1992, Sabrina estava deslumbrante. Passara a tarde no salão, cuidando do cabelo, das unhas e da maquiagem. Para a ocasião, escolheu um vestido especial de cor preta, contrastando com seu cabelo loiro e realçando os grandes olhos azuis. Seu corpo esguio, com medidas perfeitas, acentuava de forma especial o modelo escolhido. Seguramente, era a moça mais bonita de toda a região. Sentada em uma poltrona do camarim, sua mãe parecia mais nervosa do que ela:

– Filha, será que vai dar certo? Caminhe de cabeça erguida e cuidado para não pisar no vestido. Já pensou se você cair na passarela? Vai ser um desastre! – aconselhava.

– Calma mamãe. Já ensaiamos esses passos muitas vezes, vai dar tudo certo.

– Ah, mas eu vou ficar triste se você não ganhar.

– Mamãe, todas as moças têm chance de ganhar. Se eu for escolhida, vou ficar feliz, mas se for outra, tudo bem.

Sabrina estava realmente tranquila, consciente de seu potencial. O diálogo foi interrompido pelo mestre de cerimônias, um rapaz simpático e sorridente que conseguia, com eloquência, manter o clima bem animado.

– Meninas, vamos lá, estão prontas? Dentro de dez minutos vamos entrar na passarela. Quero ver vocês arrasarem!

Na plateia, os colegas estavam ansiosos. Seu pai e seus irmãos ocuparam as primeiras fileiras e acreditavam que ela seria a vencedora. Em um canto, quase solitário, estava Ricardo, o namoradinho de quem ela tanto gostava.

Quando Sabrina decidiu se candidatar ao concurso de Rainha Nacional do Milho, ele havia ficado triste e inseguro. Imaginava que ela seria vencedora e que jamais olharia para ele novamente. Foram dias de intermináveis conversas para convencê-lo do contrário. Ele não queria que ela participasse. Gostava dela, entretanto não conseguia controlar um ciúme quase doentio que atrapalhava o relacionamento. Achava que todos os rapazes o invejavam, e sua insegurança o corroía por dentro.

– Você vai ganhar esse concurso, e todos os meninos vão azarar você. Tenho certeza disso – disse ele.

– Você é muito carinhoso, querido, mas precisa confiar em mim. Somos namorados, não tenho interesse em outra pessoa. Esse ciúme sem motivos estraga tudo.

– Eu não gosto de vê-la exposta assim. Os rapazes ficam olhando para mim como se estivessem me ridicularizando – retrucou.

Ela passou a mão no cabelo dele e comentou:

– Você não deve se preocupar com os outros. Todas as vezes que brigamos é porque você fica imaginando coisas. Como já disse várias vezes, não tenho interesse em outros rapazes. Você é o meu namorado, e eu gosto de você. Isso para mim basta!

– Eu acho que você tem uma chance real de ganhar, e isso vai mudar tudo entre nós.

Capítulo I

Sabrina ficou triste. Já tinha explicado tudo para ele, e essa insegurança a deixava infeliz. Ela pegou suas mãos carinhosamente, abraçou-o com força, e disse:

– Fique tranquilo, meu amor. Tudo vai correr bem. Se eu ganhar, vai ser porque merecemos. Mas isso é apenas um concurso. Ano que vem terão outras meninas concorrendo. Ninguém vai se lembrar de mim. E você estará do meu lado.

– Eu entendo. Apesar de tudo, quero muito que você seja vitoriosa – disse ele.

Ela beijou os lábios dele, encostou a cabeça em seu ombro, e ficaram um tempo sem dizer uma palavra. Eram jovens, gostavam da companhia um do outro. Ouviam música, tomavam sorvete e conversavam sobre o futuro. Ela gostava de falar do sonho de se tornar uma grande bailarina, e ele, de ser engenheiro aeronáutico. Dizia que iria projetar aviões na Embraer e que seu trabalho seria reconhecido internacionalmente, já que a empresa exportava para o mundo inteiro. Ele tinha dezoito anos, estudava na mesma sala que Sabrina, e todas as meninas queriam namorá-lo. Com 1,80 de altura, moreno, olhos castanhos, corpo atlético, era o goleiro do time de futebol do colégio. Começaram a namorar no semestre passado, porém viviam uma relação cheia de altos e baixos. Uma hora tudo era amor e cumplicidade; em outra, o ciúme e a desconfiança estragavam tudo.

Ricardo já protagonizara várias situações vexaminosas que a deixaram infeliz e contrariada. Em uma tarde de feijoada com os amigos, ele ficara enciumado com o assédio dos colegas e puxou Sabrina com tamanha força que deixou uma mancha roxa em seu braço. Chegando em casa, ela teve que se explicar para o irmão, pois ele queria tirar satisfações com o namorado. Com muita conversa, ela fez com que Marcelo deixasse isso de lado, prometendo que iria colocar as coisas no devido lugar. No outro dia, ela tentou terminar com Ricardo, mas ele se desmanchou em desculpas:

– Eu perdi o controle, fiquei cego de raiva e acabei fazendo besteira. Prometo que isso jamais se repetirá. Você pode acreditar em mim – dizia ele, pesaroso.

– O problema é que você não mede as consequências de seus atos, e quem perde com isso sou eu. Já não consigo ficar tranquila quando estou com meus amigos. Você sempre desconfia das intenções deles, responde com grosseria e não aceita minhas amizades. Não podemos continuar assim – explicou ela.

– Eu reconheço meus erros, amor. Não vou mais fazer isso, acredite em mim – prometeu ele.

Ela acabou perdoando mais uma vez. Por mais que ficasse contrariada e decepcionada, a forte ligação entre os dois acabava prevalecendo. No fundo, tinha medo de que uma hora esse comportamento saísse de controle e ele fizesse uma besteira maior. No dia a dia, frequentavam a casa um do outro, beijavam-se na praça e no portão da casa. Não fosse essa fraqueza emocional dele, tudo seria um mar de rosas.

Fizeram amor apenas duas vezes, aproveitando a ausência da família dela, ao visitarem os parentes no interior. Não que a vontade fosse pouca, mas é que a mãe e os irmãos, principalmente Marcelo, não davam espaço para liberdades.

Ali, no meio da multidão, ele torcia para que ela fosse a vencedora do concurso, mesmo que isso significasse o fim do relacionamento. O importante era a felicidade dela.

Capítulo II

Capítulo II

A iluminação da passarela foi ligada, e os projetores acenderam em canhões de luzes multicoloridas, sinalizando o início do concurso. O apresentador leu um breve currículo de cada uma das concorrentes, realçando a importância daquele evento para a cidade e toda a região. A vencedora seria coroada rainha da festa, teria suas fotos publicadas em jornais, receberia convites para muitos eventos importantes, tornando-se uma celebridade regional. A disputa estava sendo acirradíssima desde a fase eliminatória, digna de um concurso como o Miss Brasil. Ao microfone, o apresentador iniciou uma contagem regressiva, de dez a zero. No fim, a multidão ficou em silêncio, aguardando em meio ao suspense a apresentação das finalistas. O mestre de cerimônias anunciou a entrada por ordem alfabética: chamou Adriana, em seguida Fernanda e, por último, Sabrina.

As candidatas entraram na passarela desfilando em traje de banho. Os maiôs, previamente definidos pela organização, destacavam a beleza das concorrentes. Os aplausos foram eloquentes, pois a sensualidade das meninas contagiava os presentes. Na segunda passagem, elas desfilaram de biquíni.

A plateia veio abaixo...

Um barulho ensurdecedor emanava da multidão, com gritos, assobios e palmas. Um espetáculo magnífico que encantava a todos. Na terceira passagem das candidatas, elas desfilaram em traje de gala: as sandálias... de salto alto, os vestidos esvoaçando ao vento e os cabelos presos no alto da cabeça conferiam um toque de classe naquela última aparição. A plateia delirava, com vários grupos torcendo pela menina de sua preferência, porém todas as candidatas foram muito aplaudidas e ovacionadas. Voltaram ao camarim e sentaram-se para aguardar o resultado. Acompanhadas das mães, as meninas pareciam disputar o prêmio mais importante de suas vidas.

O júri era formado por um advogado, uma professora, uma empresária de moda, o representante do sindicato rural e um consultor de empresas. A elite da comunidade local. Depois de trinta minutos do encerramento do desfile, a música tocava no auditório, e o resultado ainda não havia saído. Percebia-se que os jurados encontravam dificuldades para chegar a um veredicto.

Mais quinze minutos se passaram e, então, o mestre de cerimônias entrou no camarim, pedindo para que as três concorrentes se apresentassem diante do público. Elas ficaram lado a lado, de frente para a mesa julgadora, e aguardaram o anúncio. Com um envelope nas mãos contendo a decisão dos jurados, ele primeiramente enalteceu a participação das concorrentes, agradeceu as famílias, os amigos, o público presente e os organizadores. Depois, com grande suspense anunciou:

– Terceira colocada no concurso Miss Festa do Milho, chamamos para receber a faixa de "Miss Simpatia" a senhorita Fernanda Gonçalves de Miranda!

O auditório aplaudiu demoradamente, e a faixa foi entregue à concorrente classificada em terceiro lugar.

– Segunda colocada no concurso Miss Festa do Milho, chamamos para receber a faixa de "Princesa" a senhorita Adriana Ferreira de Souza!

Novamente, mais de três minutos de aplausos, e a faixa foi entregue à ganhadora.

– E para receber a coroa de Rainha Nacional do Milho, da cidade de Patos de Minas, chamamos agora a vencedora: Sabrina Vasconcelos da Silva, que merecidamente é a ganhadora do concurso!

O auditório veio abaixo, aplaudindo por mais de cinco minutos. A plateia ovacionava e gritava seu nome repetidamente:

– Sabrina, Sabrina, Sabrina...

Ela não cabia em si de felicidade. Abraçou a mãe e depois seguiu para o local da homenagem. Recebeu a coroa das mãos da rainha do ano anterior, o buquê de flores e desfilou novamente na passarela. Teve que voltar mais duas vezes a pedido do público, que não se cansava de gritar seu nome. Sentiu-se verdadeiramente realizada e, por um momento, recordou dos sonhos de infância, quando queria ser famosa.

Passou os olhos pela multidão em busca de Ricardo, mas não conseguiu encontrá-lo. Sentiu uma pontada de tristeza, porém sacudiu a cabeça e se deliciou com a importância do momento que estava vivendo. Agradeceu a Deus, em silêncio, por tudo que estava acontecendo. Abraçou as amigas que torciam e faziam uma grande algazarra, digna de colegiais. Perguntou pelo namorado, mas ninguém sabia onde ele se encontrava. Lembrava de tê-lo visto na primeira caminhada através da passarela, mas depois tudo

Capítulo II

ficou muito confuso e tumultuado. Não conseguia entender porque ele não estava ali, ao seu lado. Queria tanto abraçá-lo, beijá-lo, dividir com ele esse momento de felicidade. Quando as pessoas se afastaram um pouco, ela perguntou ao irmão:

— Marcelo, você viu o Ricardo por aí?

— Ele estava no lado esquerdo da plateia. Chamei para ficarmos juntos, mas ele disse que preferia ficar lá. Parecia muito ansioso.

Sua mãe interrompeu a conversa, puxando-a pelo braço. Nem notara sua angústia.

— Sabrina, venha tirar uma foto com minhas amigas, precisamos de uma lembrança desse momento.

Ela tirou fotos, atendeu às pessoas e sorriu para todo mundo. Era o seu papel de vencedora do concurso. Ricardo não apareceu, e ela ficou sem compreender o motivo daquele sumiço. Será que mais uma vez ele teria optado pela pior decisão: desaparecer enciumado pelo sucesso que ela fizera? Se fosse isso, era mais uma demonstração de desequilíbrio emocional e, principalmente, de falta de amor. Seu irmão chegou onde estava e disse:

— Dei uma volta por aí e realmente não consegui encontrar o Ricardo. Ele deve ter ido embora antes do fim do evento.

Ela abraçou o irmão e disse:

— Obrigada, Marcelo, acho que ele foi embora mesmo. Nem esperou terminar o desfile.

Seu irmão via a decepção estampada em seus olhos:

— Não precisa agradecer. Sou seu maior torcedor. Você foi maravilhosa, nada ficou a desejar. Ganhou porque mereceu – respondeu ele.

Depois de algumas horas, estava exausta. Queria chegar em casa, tomar um banho e descansar. Pensou no que acabava de acontecer e mais uma vez, agradeceu mentalmente por tudo. Rodeada dos familiares, dos amigos e desfrutando da admiração de tantas pessoas: era um privilégio para poucos. Não seria a ausência do namorado que estragaria seu momento de glória.

Na manhã seguinte, como imaginava, a vida continuou exatamente como era antes do concurso. Estava coroada a rainha da festa do milho, mas o que realmente de diferente tinha acontecido em sua vida? Não sabia dizer.

Sabrina marcou com as amigas de se encontrarem na sanduicheria da praça principal da cidade. Em volta da mesa, ela contava detalhes dos bastidores do concurso. As meninas queriam saber da emoção de ter sido vencedora, comentavam sobre as roupas e o desfile e tiravam fotos. Uma delas perguntou por que Ricardo não tinha ficado até o fim, e ela respondeu:

— Sinceramente, não sei por que ele não ficou. Talvez não estivesse se sentindo bem.

Ela não queria falar sobre isso. Já bastava a tristeza que sentira e que ainda sentia. Mas era um assunto apenas dela e não queria compartilhar seus sentimentos com as amigas. Notou o olhar de uma delas para a porta e, quando se virou, deparou-se com Ricardo de pé na soleira. Ele caminhou até o grupo e, sem cumprimentar ninguém, disse:

— Preciso falar com você. Pode vir aqui um minuto?

Ora, mas é muita petulância dele, pensou ela. Ele havia sumido na noite anterior sem nenhuma explicação e, agora, chegava exigindo falar com ela dessa forma. E ainda com falta de educação! Ela olhou para ele e respondeu:

— Estou com minhas amigas. Aliás, você nem disse "boa tarde". Não cumprimentou ninguém. Pode ser um pouquinho mais educado? — perguntou.

Ele não se fez de rogado. Continuou de pé como uma estátua e não dirigiu uma palavra ao grupo. Com certeza esperava que ela se levantasse e o acompanhasse. Após alguns minutos, vendo que ela não atenderia ao seu chamado, foi ficando sem graça e virou-se abruptamente, saindo do local sem olhar para trás. Desceu a rua pisando duro e contornou a esquina, desaparecendo entre os passantes. *Cena lamentável*, pensou Sabrina. *Como ele podia agir de forma tão grosseira, sem respeitar meus sentimentos?* Era um sinal de extrema imaturidade.

Ela se desculpou com as amigas com lágrimas nos olhos, enquanto todas demonstravam solidariedade com a sua decepção. Ela gostava dele, mas isso estava passando dos limites. Um relacionamento que deveria primar pela cumplicidade, pelo carinho, pelo companheirismo se desfazia em função da

Capítulo II

mente perturbada do seu namorado. Um espírito desconfiado e inseguro, que trazia angústia e sofrimento. Vendo que ela ficara abalada pelo ocorrido, uma das amigas falou:

— Vamos voltar ao assunto. Que linda a festa de ontem, querida! O concurso foi maravilhoso. Quando você foi anunciada vencedora, a gente quase morreu de felicidade.

— Eu estava muito nervosa. Não sabia o que fazer. Apenas desfilei. Sentia um aperto no peito e quase chorei – confessou ela, limpando as lágrimas.

Uma das meninas segurou suas mãos e disse:

— Tenha força, amiga, tudo vai passar. Depois você conversa com ele. Nós sabemos que você gosta dele, mas ele não pode agir assim. Você não merece isso! Ele tem que te valorizar.

Ela assentiu, dizendo:

— Estou muito decepcionada. Não quero vê-lo nunca mais.

— Você sabe que isso não vai acontecer. Vocês se gostam e precisam se falar. Acertar os ponteiros para que as coisas fiquem bem entre vocês.

Como era difícil entender por que ele se comportava de forma tão infantil, preocupando-se com bobagens e não valorizando o mais importante, que era o amor que ela lhe dedicava. Uma das colegas se antecipou, levantando o clima:

— Vamos para a casa da Márcia, ela preparou uns quitutes e sucos, vamos ouvir música e conversar.

Sabrina concordou, acenando com a cabeça.

— Vamos nos divertir. Esquecer o que passou e curtir. Tudo agora é festa – disse outra.

Foram dias de muita alegria e curtição. Sabrina era chamada para dar entrevistas, fotografava para revistas de moda da cidade e também para outras publicações. Seu nome foi destacado em cidades como Uberlândia, Uberaba, Patrocínio e até Belo Horizonte. Em Patos, em qualquer lugar que chegasse, era assediada com pedidos de autógrafos, fotografias e tietagem.

No colégio, as amigas se multiplicaram e os rapazes gostavam de dizer que eram amigos da rainha. Ela curtia cada momento de fama e glória, mas no fundo não achava que fosse uma pessoa diferente. Continuava lutando pelos seus sonhos e não deixava de sentir uma alegria imensa pelo sucesso alcançado.

Algumas semanas depois, Ricardo a procurou, pediu desculpas, prometeu nunca mais se comportar daquele jeito e jurou que faria de tudo para melhorar seu temperamento. Ela gostava dele e, por causa disso, mesmo duvidando de que as promessas fossem cumpridas, ela resolveu dar a ele mais um voto de confiança. Após alguns meses, as coisas foram se acalmando, até que chegou a próxima festa do milho, e outra menina foi eleita rainha.

Sabrina passou a coroa em um evento muito parecido com o anterior, e confirmou como as coisas são passageiras. Toda a atenção estava voltada para a nova menina, e nada mais natural que fosse assim. Ela sabia que isso aconteceria, razão pela qual não descuidou de seus estudos e das aulas de balé, que eram sua principal meta de crescimento. Conversava com sua mentora, que já tinha sido uma bailarina de alta categoria, e ela sempre dizia: "As coisas só acontecem de verdade com muita dedicação, esforço e determinação acima da média".

Sabrina se conscientizava cada vez mais de que, para vencer na vida, precisaria se dedicar ao extremo, colocando seus objetivos acima de tudo.

Capítulo III

Capítulo III

Os pais de Sabrina já haviam se aposentado e agora dedicavam a maior parte do tempo a acompanhar o desenvolvimento dos filhos. Para incentivar o crescimento de Sabrina, Renata convenceu o marido a comprar uma casa em São Paulo. Mudaram-se no ano seguinte. Os outros filhos já não moravam em Patos. O mais velho, Pedro Augusto, com trinta e cinco anos, residia em Belo Horizonte. Era casado e sócio de uma empresa de tecnologia. Tinha um casal de filhos e, duas vezes por ano, na época das férias escolares, fazia questão de levá-los para uma temporada com os avós. Marcelo, o filho do meio, era solteiro e vivia no Rio de Janeiro. Trabalhava como engenheiro de produção na Petrobrás e era mais assíduo nas visitas aos pais e à irmã. A cada dois meses, ele se deslocava do Rio e passava o fim de semana com eles.

Graças a uma indicação de sua professora, Sabrina conseguiu se matricular no Balé da Cidade de São Paulo para dar prosseguimento aos seus estudos de dança. Pertencente à Fundação Theatro Municipal de São Paulo, da Secretaria de Cultura, era uma companhia de dança contemporânea de uma das maiores metrópoles do mundo, possuindo uma forte personalidade cosmopolita. Fundada em fevereiro de 1968, com o nome de Corpo de Baile Municipal, inicialmente com a proposta de acompanhar as óperas do Theatro Municipal e se apresentar com obras do repertório clássico, a companhia passou por várias fases de adaptação até chegar ao estilo atual.

Logo nos primeiros meses, a novata se destacou das demais alunas pelo seu elevado rigor técnico e dedicação. Chamava a atenção tanto pela beleza como pela estética de suas apresentações. Sua presença física era motivo de admiração, pois, a cada ano que passava, ela ficava mais bonita. Constantemente era convidada para posar em ensaios fotográficos para revistas de moda e chegou até a fazer alguns, mas não encontrava motivação para seguir na profissão de modelo. Sua mãe a incentivava para que buscasse oportunidades na televisão, mas, apesar de acreditar que existia um potencial interessante, ela sentia-se bem com o que estava fazendo. Sua carreira de bailarina tinha tudo para se tornar efetiva e duradoura, e era isso que ela queria focar seu tempo.

Um pouco antes da mudança para São Paulo, ela tivera outra briga séria com o namorado. Estavam em uma boate e, quando um rapaz da escola veio falar com ela, Ricardo o agrediu com um soco no rosto. A festa acabou em tumulto, eles foram levados para a delegacia, e toda a cidade comentou o fato. Ela ficou muito envergonhada e resolveu terminar o relacionamento. Ele pediu desculpas, implorou pelo perdão, porém, naquele momento, Sabrina entendeu que seria melhor cada um seguir sua vida.

Mais tarde, ela ficou sabendo que Ricardo também havia se mudado para São Paulo, quase ao mesmo tempo em que ela e seus pais. Desde a época do colegial, ele sempre falava da intenção de cursar engenharia aeronáutica em uma faculdade de primeira linha. Matriculou-se no ITA – Instituto Tecnológico da Aeronáutica. Sabrina desconfiava que a decisão por essa faculdade específica tinha a ver com o desejo de ficar mais perto dela, pois havia muitas outras universidades de primeira linha, por exemplo, em Belo Horizonte.

O campus do ITA ficava em São José dos Campos, a noventa quilômetros de São Paulo, distância que poderia ser vencida em pouco mais de uma hora de carro. Ligada ao Ministério da Defesa, a universidade oferecia cursos em diversas áreas de engenharia, chamadas internamente de especificidades. Não existia ainda o sistema de cotas, apenas uma divisão de vagas entre optantes pela carreira militar e civis. Ela não o encontrou durante algum tempo e muito menos teve notícias dele, mas tinha a impressão de que ele sabia tudo que se passava com ela.

Na companhia de balé, Sabrina buscava aprimorar sua técnica dia após dia. Enquanto a maioria dos bailarinos cumpria o horário estabelecido, ela dedicava horas a mais em seu treinamento diário. Por vezes, ficava até duas horas depois de encerradas as aulas em exercícios de solo. Sua coordenadora, Laura, não se cansava de elogiar a dedicação e o comprometimento da nova aluna. Enxergava nela sua própria trajetória, marcada por anos e anos de dedicação e prática. Já havia contado para ela seu martírio com lesões e dores insuportáveis. Contudo, esse era o preço a pagar. Para se obter destaque, para vencer naquele mundo tão competitivo, era preciso ser a melhor. Buscar aprimoramento constante. Seu lema era o seguinte:

– Não adianta você ser apenas parte do espetáculo. Você precisa ser o espetáculo – dizia ela.

Sabrina ouvia com atenção e assimilava os conselhos:

– Eu treino para aperfeiçoar o melhor possível a minha técnica. Não consigo me ver fazendo menos do que eu consigo.

– Isso vai tornar você diferente das demais. Ser apenas uma parte do todo não é o bastante. O todo não é feito de partes iguais. Ser diferente faz o

Capítulo III

todo ser diferente. É o brilho que emana das grandes estrelas – aconselhava a professora.

– Obrigada por me apoiar, Laura. Você não tem a obrigação de ficar aqui depois do expediente me acompanhando.

– Faço isso com o maior prazer. Meu desejo é conseguir extrair o melhor de você.

– Fico feliz por esse apoio. Com certeza darei o melhor de mim. Jamais a decepcionarei.

A empatia entre elas tinha sido instantânea e natural. Assim que Sabrina chegou ao teatro, elas foram apresentadas como aluna e mentora pelo diretor do conservatório. Laura lembrava-se de quando ela também havia começado, insegura e cheia de dúvidas. Por isso, procurava dar à nova aluna a tranquilidade necessária para desenvolver a plenitude de sua técnica. Com o tempo, ficaram amigas, e a relação de confiança foi crescendo cada dia mais.

Sabia que a aluna era talentosa. Tinha absoluta convicção que, ao dar as condições necessárias para o desenvolvimento de seu potencial, ela responderia à altura. Às vezes, achava que a cobrava excessivamente, mas isso fazia parte do crescimento de Sabrina.

Tudo teria sua recompensa no futuro, acreditava ela.

***

Quando completou um ano de sua mudança para São Paulo, Sabrina já estava totalmente integrada ao elenco da companhia de balé. Seus pais se adaptaram bem à vida na capital, enquanto ela conciliava a faculdade de serviço social com a carreira de bailarina. Apesar das constantes investidas dos rapazes, ela não se interessou em começar um novo relacionamento. Sentia falta de Ricardo. Mesmo com todas as infantilidades, o ciúme e a insegurança, ela ainda pensava nele. Tinha sido seu primeiro namorado e, quando não ficava emburrado, era a melhor companhia que alguém podia desejar. Ele chegou a telefonar algumas vezes, mas ela não retornou às ligações.

Certa tarde, ao sair do teatro, Ricardo a esperava. Caminharam por algum tempo sem dizer nada. Depois pararam em uma praça, sentaram-se em um banco, e ele disse:

— Sinto sua falta. Não consigo ficar em paz. Meus pensamentos e meu coração só querem você!

Ela ouviu as palavras dele, e o coração bateu aceleradamente. Ainda o amava, não tinha dúvidas. Olhou para ele, os olhos marejados, e respondeu:

— Eu também sinto sua falta, Ricardo. Você sabe o quanto gosto de você. Mas gostar apenas não é o bastante. Faço tudo para demonstrar isso, mas você é muito inseguro. Esse ciúme que você sente nunca vai deixar a gente ser feliz.

Ele afirmou com a voz carregada de emoção:

— Eu mudei. Pensei bastante no último ano, nas atitudes que me fizeram te perder... Quero ter minha namorada de volta. Não faz sentido ficar sem você. Andei fazendo muitas bobagens. Agora sou uma pessoa diferente e vou valorizar nosso relacionamento.

Ele segurou suas mãos, olharam-se profundamente e um beijo aconteceu. Sabrina não tinha certeza se ele mudaria, mas ainda era muito forte o que sentiam um pelo outro. Ele a levou até em casa e reataram o namoro. Uma vez por semana, quase sempre aos sábados, Ricardo ia a São Paulo para encontrá-la. Com o tempo, passou a falar em casar e formar uma família, assim que terminasse a faculdade de engenharia. Às vezes, falavam sobre como conciliar a carreira dela com o casamento e também com a maternidade.

Ela tinha muitas dúvidas; apesar de gostar dele, não sentia a segurança necessária para dar um passo tão grande. E como ainda eram jovens, ela deixava surgir a afinidade que os aproximava: frequentavam bons restaurantes, assistiam a peças de teatro, iam ao cinema e, uma vez ou outra, dançavam em alguma boate. Quando podiam, gostavam de assistir aos shows de música, notadamente rock e música popular brasileira. A única sombra sobre aquele relacionamento tão bonito era a possessividade de Ricardo, que às vezes a deixava sufocada. Na opinião dele, ela não podia ter nem pensamentos dos quais ele não soubesse. Isso causava um estresse na relação, amenizado posteriormente sempre com os seus pedidos de desculpa.

Capítulo IV

Capítulo IV

Os bailarinos estavam no intervalo de uma sessão de treinamento, sentados no tablado do teatro, quando a professora se aproximou:

– Sabrina, posso falar com você? Pode vir aqui um minutinho, por favor?

As duas se encaminharam para a cantina e, quando se sentaram, a professora abriu um envelope que segurava nas mãos, falando:

– Tenho uma novidade para você. Anualmente, uma aluna da nossa companhia é indicada para passar três meses em intercâmbio com a companhia de Balé da Cidade de Nova Iorque, e desta vez a indicada foi você.

Sabrina perdeu a voz. Olhava para a professora totalmente pasma. Passar uma temporada em uma companhia tão prestigiada era o sonho de qualquer bailarina. Atônita, ela balbuciou:

– Não acredito. Diga que eu não estou sonhando, que é verdade mesmo o que você está me dizendo.

Laura sorria, vendo a felicidade da garota. Passou para ela a carta de anuência da companhia, escrita em inglês. Sabrina correu os olhos pela correspondência e verificou que se tratava realmente da aprovação. Seu nome estava lá. Laura completou:

– Acredite, minha querida. Você é a nossa indicação este ano. Pode arrumar as malas.

Ela pulou no pescoço da professora e quase foram ao chão.

– Para quando é a partida?

A coordenadora explicou detalhadamente:

– Você viaja em oito semanas. Tempo de providenciar seu visto e outras coisas que precisar. Você pode levar um acompanhante, com certeza vai querer levar sua mãe. As acomodações, a alimentação e a locomoção serão por conta da companhia. É uma bolsa de estudos, através de um convênio que temos com eles.

Sabrina mal conseguia ouvir o que ela dizia. Estava louca para chegar em casa e contar para os pais a notícia tão formidável. Tinha convicção de sua evolução, mas aquele prêmio, tão desejado por todas as alunas, *ela* tinha ganhado. Isso era realmente inacreditável. Terminando o ensaio, saiu em disparada para a estação do metrô, ansiosa para chegar em casa. Quando desceu, nem percebeu que sua mãe a esperava. Ia passando despercebida quando Renata chamou:

– Sabrina, oi, Sabrina!

– Mamãe, não vi você, me desculpe – respondeu.

Pulou no pescoço dela, abraçando-a tão efusivamente que quase caíram. Ela olhava para a filha sem entender direito o que se passava.

– O que aconteceu, menina? Ganhou na loteria? – perguntou sem entender.

– Mamãe, você não vai acreditar. Fui convidada para estudar durante três meses no Balé da Cidade de Nova Iorque, e você vai comigo. Tudo pago, não é um sonho?

Suas palavras saíam aos turbilhões, e sua mãe não entendia nada. Olhou para ela e viu que a filha estava chorando. Sem saber o porquê, começou a chorar também. Pegou a filha pelo braço e foram caminhando para a entrada da estação. Ela falava sem parar, porém a mãe continuava sem entender patavina do que estava acontecendo.

Nova Iorque... Que confusão!

Dirigiram-se até um café na saída da estação, sentaram-se a uma mesa e, então, Renata pediu que ela explicasse com calma o que estava acontecendo.

– A nossa companhia tem um acordo para intercâmbio com uma escola de Nova Iorque. Famosíssima, uma das melhores do mundo. Então, eu ganhei uma bolsa de estudos de três meses. Temos que viajar em oito semanas – explicou ela, novamente, agora com mais clareza.

Sua mãe ficou deslumbrada com a notícia. Abraçando a filha, ela disse:

– Que maravilha, minha querida. Mas, como assim, temos que viajar? Onde eu me encaixo nessa história?

– Você vai comigo, está tudo pago pela escola. Temos que arrumar os documentos, passaportes, vistos, essas coisas. Estou louca para contar para o papai. Vamos, vamos!

Foi uma noite intensa. Ficaram até tarde conversando, Sabrina fazendo planos para quando chegasse o dia da partida e para os meses que ficariam em Nova Iorque. Ligou para os irmãos, e todos ficaram muito felizes.

Ela já tinha viajado algumas vezes para o exterior com os pais, inclusive já visitara Nova Iorque, porém dessa vez seria diferente. Como acontecera no concurso de rainha em sua cidade natal, *ela* fora selecionada e merecia o

Capítulo IV

prêmio. Iria estudar em uma das companhias mais prestigiadas do mundo, aprender novas técnicas e se relacionar com a nata do balé mundial.

Sabrina agradeceu intimamente por ser uma sexta-feira, assim poderia conversar com o namorado no dia seguinte, assim que ele chegasse a São Paulo. Ligou para Ricardo e combinaram de se encontrar ainda de manhã. Naquela noite, ela adormeceu como embriagada. Quando a campainha tocou, às dez horas, ele estava em pé na soleira da porta, e olhava para ela com um misto de curiosidade e alegria.

– Olá, meu amor. Você parecia tão feliz ontem! O que quer me contar?

– Meu amor, foi uma surpresa para mim também. Acredita que a companhia me indicou para ficar três meses estagiando em Nova Iorque, numa das melhores escolas de dança? É um sonho!

Seus lábios estavam tão próximos que ele aproveitou, sufocando-a com um longo beijo.

– Que fantástico, meu amor. Você merece. Com certeza eles perceberam o seu talento e estão investindo em você. Vai ser muito legal.

– Acredito que sim, não vejo a hora de viajar, conhecer a nova companhia e treinar. E a faculdade como está? – ela perguntou, sentindo-se culpada por tomar toda a atenção.

– Está tudo ótimo, cada dia mais puxado, mas estou me saindo bem.

Sabrina pegou suas mãos e convidou:

– Vamos sair para dar uma volta no Ibirapuera. Depois, podemos almoçar em algum restaurante na região.

– Vamos sim – concordou ele.

Ela virou-se para o corredor e gritou:

– Mamãe, estou saindo com Ricardo, não me espere para o almoço, vamos comer na rua!

– Tá bom, mas tome cuidado e coma direito. Você precisa se alimentar bem.

– Pode deixar, não precisa se preocupar.

Sua mãe dirigiu-se ao namorado e recomendou novamente:

– Ricardo, tome conta dela. Se deixar por conta dessa menina, ela não se alimenta. Eu tenho que ficar monitorando o tempo todo.

Renata saiu do quarto e veio até a sala para cumprimentá-lo. Aproveitou para reiterar sobre o cuidado com a alimentação de Sabrina. Ela a beijou e puxou ele pelo braço. Estava doida para sair e ficarem a sós, e se desse trela para sua mãe, falariam de comida a tarde toda.

– Tchau, mamãe! – Despediu-se, beijando-a na face novamente.

– Vá com Deus, querida. Tome cuidado e não chegue muito tarde. Vou fazer uma comidinha para seu pai e conto com você! – recomendou a mãe.

Entraram no carro e foram para o parque. Caminharam de mãos entrelaçadas, enquanto Sabrina falava sem parar. Nunca estivera tão animada desde que chegara a São Paulo. Mal conseguiam ouvir o cantar dos pássaros, os sons da natureza. Isso pouco importava para eles naquele momento.

Sentaram-se em um restaurante para almoçar por volta de meio-dia e meia. Olharam o cardápio, e ela pediu um salmão ao molho de maracujá, enquanto ele preferiu um robalo com castanha. Pediram uma garrafa de vinho branco para acompanhar. Enquanto almoçavam, ela notou que ele não falava quase nada. Quando o olhava de frente, ele desviava os olhos para o prato. Sem conter a ansiedade, ela perguntou:

– O que está se passando? Você mudou totalmente depois que lhe contei sobre a viagem. Não consegue nem disfarçar que está contrariado – reclamou.

– Desculpe, estou contente por você. Mas é que não consigo me controlar. Saber que você vai ficar três meses fora, numa cidade desconhecida, longe de mim. Isso definitivamente não me faz a pessoa mais feliz do mundo.

– Querido, você vai começar tudo outra vez? Já não basta querer saber tudo que eu faço? Não consigo acreditar que você está falando isso – disse ela.

Ele, por fim, desabafou:

– É claro que se eu pudesse, diria para você não ir. Essa sua ausência, por tanto tempo, me deixa totalmente sem chão. Já estou sofrendo antecipadamente.

– Não precisa se preocupar, farei aulas oito horas por dia, e minha mãe vai estar lá comigo. Não quero que você fique assim. Vai me deixar triste também – argumentou.

Capítulo IV

Depois de muita conversa, ele prometeu aceitar pacificamente a viagem, sem ficar cobrando e criando um clima desnecessário. Foram ao cinema no meio da tarde e, quando saíram, dirigiram-se à casa dela. Os pais dela haviam saído para ir ao mercado. Assistiram televisão e fizeram amor de forma intensa e apaixonada. Nesses momentos, ela sentia-se a mulher mais feliz do mundo. E ele, o homem mais felizardo, por amar a mulher mais linda que conhecia e ser amado por ela.

Apesar dos desentendimentos, principalmente pela insegurança dele, o amor era muito forte. Estavam ligados desde a adolescência. Ricardo poderia ser o ancoradouro perfeito para sua vida. Era uma pena que alguma coisa dizia a Sabrina que aquele comportamento talvez colocasse tudo a perder.

As oito semanas se passaram com uma velocidade avassaladora. Era uma manhã fria e cheia de neblina quando Sabrina e sua mãe desembarcaram no aeroporto JFK, em Nova Iorque. O avião havia decolado de São Paulo às 23h55 e, quando perceberam, já estavam na Big Apple. As acomodações cedidas pela companhia de balé eram bastante confortáveis e ficavam perto do teatro onde as aulas aconteciam. Havia pelo menos oito garotas fazendo intercâmbio na escola, o que tornava o ambiente mais descontraído. Algumas vinham de países diferentes, como Sabrina, e outras eram estadunidenses, mas de outros estados. O Balé da Cidade de Nova Iorque foi fundado no ano de 1948 pelos coreógrafos George Balanchine e Lincoln Kirstein, e todas as apresentações da companhia acontecem no teatro David H. Koch, do Lincoln Center Plaza. O complexo de teatros fica no Upper West Side, ao lado do Central Park, onde se pode chegar através da estação 66th do metrô ou, como é comumente conhecida, estação Lincoln Center. O teatro tem capacidade para 2.500 espectadores sentados e sua decoração é de uma exuberância impressionante.

Sabrina dedicava oito horas diárias aos estudos e treinamento e, quando voltava para o alojamento, estava bastante cansada. Mas não era tanto que a impedisse de sair com sua mãe para jantar, tomar um café ou fazer algum passeio pela redondeza.

Nos fins de semana, quando não tinha aula, elas aproveitavam para conhecer um pouco da cidade. Aos sábados, almoçavam em algum restaurante e visitavam museus e galerias de arte. À noite, assistiam a shows e musicais na Broadway e, aos domingos, era normal passarem um bom tempo no Central Park apreciando a natureza. Numa dessas visitas, elas assistiram a um concerto ao ar livre feito pela Filarmônica de Nova Iorque, num oferecimento da prefeitura da cidade. Famílias inteiras sentadas no gramado, ouvindo música, fazendo piquenique e se confraternizando. Um espetáculo impressionante! Elas também foram conhecer a Estátua da Liberdade, o Museu de História Natural e o World Trade Center, dentre outros locais.

A interação com outra escola de balé, com outros métodos de ensino e principalmente com a técnica apurada que eles praticavam trouxeram um amadurecimento consistente para a carreira de Sabrina. Mesmo com sua dedicação desde a infância, ela sentia que tinha muito a evoluir em matéria de performance se comparada com as bailarinas das grandes companhias do mundo. Não que as outras tivessem mais talento; o problema era que a exigência delas superava os limites normais. Se uma aluna queria ser a melhor, tinha que se dedicar ao extremo para conseguir. Não existia meio-termo. Ou a aluna se dedicava e se superava, ou estava eliminada. Essa temporada serviu para que Sabrina elevasse seus próprios conceitos de dedicação e estudo.

Na véspera da partida, elas saíram para jantar. Queriam aproveitar a última noite em Nova Iorque e foram conhecer o Little Italy, um bairro originalmente ocupado pela comunidade italiana, mas que estava ficando cada dia menor. O *Little Italy* estava aos poucos sendo absorvido pelos bairros adjacentes, principalmente Chinatown, e suas dimensões originais estavam se estreitando. A rua mais importante do bairro era a Mulberry Street, onde estavam os melhores restaurantes e cafeterias. Ali também se concentrava uma legião de turistas de todas as partes do mundo em busca de uma gastronomia diversificada e de qualidade.

Chegaram pontualmente ao restaurante e, mesmo com reserva antecipada, precisaram aguardar pelo menos quarenta minutos, pois o local estava lotado. Enquanto esperavam a liberação de uma mesa, elas tomavam um champanhe na pequena sala de espera. Um rapaz elegante, bem vestido e muito educado se aproximou e dirigiu-se à Renata:

– Boa noite, senhora. Meu nome é Miguel Bianchi. Desculpe a ousadia, mas percebi que também são brasileiras e que estão à espera de uma mesa.

Capítulo IV

A minha reserva acabou de ser liberada e, como estou sozinho, ficaria imensamente grato pela companhia de vocês.

A abordagem foi tão inusitada que elas ficaram estáticas. Não sabiam o que falar. O gerente se aproximou e disse:

– Senhor Miguel, a sua mesa já está pronta. As senhoras vão acompanhá-lo? Por favor me sigam!

Tudo aconteceu de forma tão rápida que elas ficaram sem reação. Miguel abriu caminho e estendeu a mão, indicando para elas seguirem o gerente.

– Por favor, vamos. Será um imenso prazer lhes fazer companhia.

Não houve como recusar. Elas se acomodaram na mesa, e o constrangimento deu lugar às apresentações. Miguel se mostrou um perfeito cavalheiro. Simpático, elegante e espirituoso, além de bonito e inteligente. Disse que trabalhava com exportação de proteína animal, que sua empresa era sediada em São Paulo, mas que possuía escritórios e representações em várias partes do mundo. Sabrina falou de sua experiência na companhia de balé, e ele disse que era amante das artes e prestigiava qualquer espetáculo sempre que podia.

Quando terminaram o jantar, o *maître* serviu a sobremesa. Miguel voltou-se para Sabrina e perguntou:

– Então vocês voltam para o Brasil amanhã? Que pena tê-las conhecido apenas hoje. Poderemos nos ver novamente?

Ela ficou um tanto desconcertada, mas o rapaz era extremamente elegante. Sem pensar direito, respondeu:

– Eu tenho namorado. Não seria oportuno nos encontrarmos de novo.

– Ora, mas não cometeremos nenhum crime – brincou ele, porém, não insistiu na conversa.

Despediram-se, e elas agradeceram pela companhia e pelo jantar, e foram embora. No outro dia, pegaram o voo e voltaram ao Brasil.

Aqueles três meses de estágio serviram para abrir os horizontes de Sabrina. Ela entendeu que precisava se dedicar mais, comprometer-se com mais afinco com sua carreira para atingir o patamar desejado. Chegou a São Paulo renovada e cheia de entusiasmo. Quando desceram no aeroporto, seu pai e Ricardo as receberam com carinho, abraçando-as e querendo saber das novidades.

Foram jantar no Bistrô Paris, na rua Augusta, um pequeno restaurante que servia comida francesa. Sabrina contou as peripécias em Nova Iorque, como se dedicara a aprender novas técnicas, dos passeios com sua mãe e da felicidade em estar de volta. Perguntou pelos irmãos, e a noite transcorreu de forma tranquila e agradável. Quando chegaram em casa, já passava da meia-noite e foram dormir.

Naquela noite, Ricardo foi direto para o quarto de hóspedes e não puderam matar a saudade que sentiam um do outro. Ficaria para o dia seguinte, e todos os outros que ainda tinham para curtir. Sabrina demorou a pegar no sono, revivendo em pensamentos os acontecimentos dos últimos meses.

Capítulo V

Capítulo V

Sabrina morava com a família no bairro de Moema. Seu pai havia comprado uma casa construída em estilo *neocolonial*, com ambientes internos espaçosos, uma pequena varanda na frente e com um grande quintal gramado ao fundo. A casa ficava próxima do Parque do Ibirapuera, onde Sabrina se encantava com a exuberância da natureza. O bairro oferecia uma excelente estrutura, com ciclovias, restaurantes e um comércio bastante completo. O lugar era muito especial, localizado perto de avenidas que levam para todos os cantos da cidade de São Paulo. O bairro proporcionava tranquilidade aos moradores, que podiam passear a pé aos fins de semana pelas ruas arborizadas e almoçar em diversos restaurantes, com variados tipos de gastronomia: italiana, mexicana, argentina e japonesa, entre outras.

Um ponto muito interessante na região era a Praça de Moema, onde estava localizada a Paróquia Nossa Senhora Aparecida. O local possuía uma feirinha de artesanato em alguns dias da semana e barraquinhas de comidas das mais diversas.

Além disso, o entorno da pracinha possuía diversos barzinhos perfeitos para um *happy hour*. A região ainda abrigava uma ruazinha supercharmosa, a rua Normandia, onde Sabrina adorava ir para tomar sorvete com os pais. No fim do ano, eles sempre iam até lá para se deleitar com as árvores iluminadas pelas decorações natalinas.

Quando tinha tempo, à tarde, Sabrina pegava a bicicleta e pedalava até o parque, onde podia desfrutar dos cheiros e sons da natureza. Nada era mais reconfortante para ela e, nesses momentos, podia pensar tranquilamente nas coisas que aconteciam em sua vida: os tempos de infância, as esperanças para o futuro, em tudo que ela sonhava e queria realizar um dia. Era um de seus passeios favoritos. Quando voltava para casa, sentia-se reconfortada e em paz.

Ao regressar do intercâmbio, Sabrina passou uma tarde com sua professora, atualizando-a sobre tudo que tinha se passado em Nova Iorque. Durante as aulas, contou para as colegas do aprendizado das expectativas de aplicar esse conhecimento entre elas. Uma nova surpresa a aguardava e, pelo visto, muito importante para a consolidação de sua carreira profissional. A companhia havia sido convidada para montar a peça *Cantata*, do italiano Mauro Bigonzetti, e iria se apresentar em uma turnê nas cidades de Montevidéu, Santiago, Bogotá e San Juan, capital de Porto Rico.

Cantata era uma peça moderna, envolvente, que traduzia uma explosão coreográfica forte, evocando a cultura e os costumes da região mediterrânea, particularmente do sul da Itália. Seus gestos apaixonados, suas cores vibrantes, levavam o expectador a vivenciar um tipo de beleza selvagem do Mediterrâneo. Uma dança visceral, instintiva e de entrega total, que explorava as várias facetas da relação entre homem e mulher: sedução, paixão, brigas, ciúme. A peça homenageava a cultura italiana e a tradição musical, uma obra popular no sentido mais elevado do termo.

No final da conversa, a orientadora disse:

– Sabrina, estamos muito empolgados com essa turnê. Acreditamos que será muito importante para a companhia, e um teste definitivo para você.

Sabrina não conteve a emoção:

– Tenho certeza de que faremos um bonito espetáculo, Laura. O pessoal está motivado, a peça é maravilhosa, temos tudo para brilhar.

– É verdade, vamos fazer bonito! Com sua recente experiência internacional, você poderá ajudar muito nesse momento. É a sua oportunidade para integrar de vez o corpo principal da escola. A Clara Mattos está se afastando, vai ser orientadora, então, estamos apostando em você para substituí-la.

Sabrina ficou deslumbrada com a notícia:

– Que maravilha! Estou muito agradecida pela confiança. Você sempre acreditou em mim e me deu todas as oportunidades. Farei o melhor que puder.

A coordenadora pediu que ela pesquisasse todas as informações que pudesse sobre a peça; depois iriam discutir os pormenores da montagem do espetáculo. Antes do encerramento do expediente, o diretor artístico, Pierre Berny, chamou as duas para conversarem sobre o assunto e deixou transparecer sua insegurança com o papel da nova bailarina como líder da equipe.

– Acho que poderíamos trazer a Clara Mattos de volta para essa turnê; é um desafio muito grande para Sabrina, e não sei se devemos correr esse risco – disse ele.

– Pode ficar tranquilo, Pierre. Eu não apostaria minhas fichas nela se não tivesse certeza da capacidade de liderança e da condição técnica. Pode confiar em mim – respondeu Laura.

Capítulo V

Sabrina ficou em silêncio. Não podia influenciar em uma decisão tão importante da companhia. Se fosse confirmada, daria o máximo de seu esforço e talento para tudo sair da melhor forma. Depois de um prolongado silêncio, Pierre voltou-se para Laura:

– Está bem. Você sabe o que está fazendo. Vamos cuidar dos detalhes, e você, Sabrina, saiba que não podemos cometer erros. Vamos nos esforçar para fazer o melhor – arrematou.

Sabrina não disse nada, apenas concordou balançando a cabeça afirmativamente. Era uma responsabilidade muito grande, e o diretor tinha razão em recear pelo resultado. Ela não era tão experiente, entretanto, sabia que conseguiria liderar a equipe. Assim que ele se afastou, Laura colocou a mão em seu ombro e disse:

– Não fique chateada, eu confio em você. E o Pierre é assim mesmo, todos nós o conhecemos. Ele vai reconhecer seu talento.

– Obrigada, querida. Não vou decepcioná-la, pode confiar em mim – respondeu ela.

Sabrina chegou em casa e contou para sua mãe a novidade. Estava muito feliz, sentindo que seria uma grande oportunidade para consolidar seu lugar dentro da companhia. A escola era muito tradicional, os bailarinos extremamente preparados e as apresentações tinham um rigor técnico apuradíssimo.

Esse cuidado com a qualidade das peças apresentadas e a composição da equipe, fizeram, ao longo do tempo, com que a companhia conseguisse conquistar um lugar de destaque no cenário nacional, bem como o respeito pela comunidade internacional, sendo citada como uma das grandes companhias de dança no cenário contemporâneo mundial.

Tudo isso fazia com que Sabrina tivesse orgulho por ter sido aceita naquela equipe e também aumentava sua responsabilidade por melhorar cada vez mais sua performance.

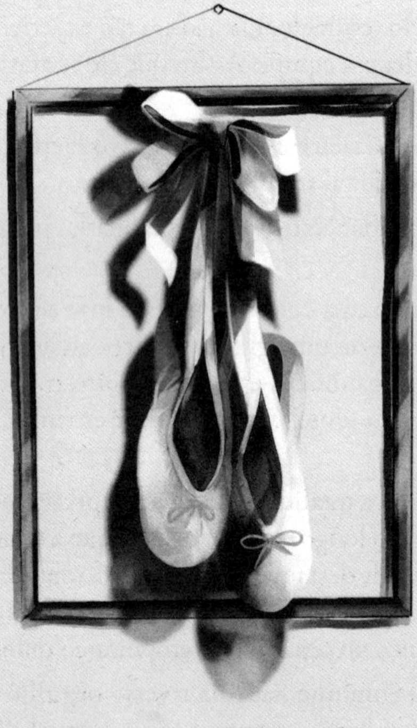

Capítulo VI

Capítulo VI

*S*abrina passou a tarde no conservatório e, quando chegou em casa, um buquê de rosas vermelhas enfeitava a mesa na sala principal. Um cartão colocado entre as pétalas chamava a atenção. Ela o abriu, cheia de curiosidade:

"Rosas vermelhas para a moça mais linda do mundo. Passo na sua casa às oito para jantarmos. Te amo. Beijos, Ricardo."

Ela não se conteve de emoção. Pegou o buquê de rosas e o abraçou demoradamente, sentindo o perfume inebriar seu corpo. Por alguns minutos, viajou em pensamentos, lembrando-se das tantas vezes que sua mãe lhe disse:

"A felicidade é feita de momentos, e mesmo que não durem para sempre, ficarão eternizados em nossa memória. Na vida, tudo é especial, desde que a emoção conduza cada momento. O mais importante é crer que viver sempre vale a pena."

Como ela estava feliz naquele momento!

Às oito horas, a campainha tocou. Ela atendeu e recebeu Ricardo com um sorriso. Durante o jantar, conversaram sobre os mais de três anos que moravam em São Paulo, sobre como a vida deles estava evoluindo e como sentiam-se cada vez mais próximos. Trocaram impressões sobre essa nova fase da carreira de Sabrina, da turnê internacional que iria começar e como isso impactava a vida de todos: a ansiedade dela, a saudade dos pais, a insegurança de Ricardo. Ele segurava a xícara de *cappuccino* na mão e olhava a fumaça que fazia caracóis. Por fim, perguntou:

– Você viaja quando?

– Dentro de duas semanas. Vamos daqui para Montevidéu e depois para São Juan. No mês que vem, as apresentações serão em Bogotá e irão acabar em Santiago. A turnê vai durar dois meses.

Sabrina falava como se estivesse vendo o local das apresentações. Seus olhos fitavam o vazio. De repente, a voz de Ricardo a despertou:

– Eu já não consigo suportar essas suas viagens. Você acabou de chegar, ficou três meses em Nova Iorque e agora me diz que vai ficar mais dois meses viajando. Sua carreira vai acabar com nossa vida. Eu quero você ao meu lado – disparou.

Sabrina levou um susto. Nunca imaginou que ele pudesse falar daquela maneira. Esperava um incentivo da parte dele em um momento tão importante para ela. Como era possível que houvesse mandado rosas, convidado para jantar, e agora se colocava com tamanha insensibilidade.

– Não te entendo, Ricardo. Você sabe que essa é a minha vida. Sempre soube! Já falamos tanto sobre isso. Você precisa me aceitar como eu sou, da mesma forma que aceito você. Você quer que eu largue tudo para ficarmos juntos. Isso não é justo!

Ricardo não escondeu sua insatisfação com a turnê. Queria Sabrina sempre perto dele. Tinha medo de que ela conhecesse alguém diferente. Sentia necessidade de controlar os passos dela: onde ia, com quem saía e às vezes até com quem ela falava. Já aparecera no trabalho algumas vezes sem avisar, o que a deixava bastante incomodada. Conversando com a mãe, Sabrina reclamava dessa insegurança dele, da forma possessiva como ele enxergava a relação, entretanto Renata aconselhava que ela tivesse paciência e conversasse com ele. Só que ela acreditava que isso não fazia mais sentido. Numa tarde, enquanto conversavam, ela desabafou com a mãe:

– Foram muitas promessas de mudanças. Ele melhora por alguns meses, mas, de repente, tudo volta. Quer saber até mesmo o que eu converso com minhas amigas. Outro dia, a Laura disse que ele telefonou para ela perguntando se eu não tinha nada com algum colega de trabalho. Isso está me sufocando.

Sua mãe ponderou:

– Desde que vocês começaram a namorar, ele sempre foi muito ciumento, mas pedir para você desistir da carreira não faz sentido.

– Ele não confia em mim, essa é a razão. Então, não adianta insistir. Eu gosto dele, mas gostar só não basta. Se não houver confiança, cumplicidade e entrega, tudo o mais perde a razão de ser – desabafou Sabrina.

– Tenha paciência, minha filha. Vocês são jovens e, com o tempo, isso pode melhorar. Converse com ele, você sabe que ele é um bom rapaz e te ama muito – aconselhou Renata.

Ele era muito querido pelos pais dela, gozava da confiança da família. Para os amigos, formavam um casal perfeito. Mas alguma coisa faltava para fazê-los completamente felizes. Ela, às vezes, sentia falta de um toque de mistério, de estímulos desconhecidos na relação entre os dois. Outras vezes,

Capítulo VI

ficava apreensiva com o comportamento possessivo, imaginando que essa falta de confiança não era um bom alicerce para a relação.

Por outro lado, Ricardo estava ficando cada vez mais impaciente. Reclamava da carreira de Sabrina, que, segundo ele, tomava todo o tempo que tinham para ficarem juntos. Dizia que, assim que se formasse, casariam-se e teriam filhos, e isso não deixava de ser uma pressão para ela. Quando ele relaxava, tudo era maravilhoso, mas isso não estava durando muito tempo. Sabrina já pensava seriamente se teria sido um erro terem reatado o namoro. Quando esses pensamentos atravessavam sua mente, ela os mandava embora, procurando se convencer de que isso era uma bobagem, que precisava apenas valorizar tudo que eles tinham em comum.

No fim do café, novamente ele pediu desculpas, disse que iria torcer pelo sucesso dela, e o clima ficou melhor entre eles. Então, ela disse:

– Vamos para minha casa. Tem um filme que aluguei que é muito legal, chama-se *Noiva em Fuga*, com Richard Gere e Julia Roberts – convidou ela.

– Eu li a sinopse desse filme, parece que é muito divertido mesmo. Mas está bem tarde. Seus pais não vão achar ruim se chegarmos na sua casa a essa hora? – perguntou ele, olhando no relógio.

– Qual foi o dia em que acharam ruim, meu amor? Eles sabem que a gente se ama. Só não podemos dormir juntos. Quando o filme terminar, você vai para o quarto de hóspedes – respondeu Sabrina, com um sorriso maroto.

– Assim não vale. Prefiro quando você vai me visitar. Aí dormimos juntinhos. É muito melhor. – Ele piscou para ela.

– Mas você pode me fazer uma visitinha no meu quarto durante a madrugada. Depois você vai para o quarto de hóspedes, só para eles acharem que estão no controle. Você conhece minha mãe! Moderna com os filhos dos outros, mas, comigo, parece minha avó. Ela acredita que ainda sou virgem.

Sabrina falava com expressão divertida. Ricardo sorriu para ela e afirmou:

– Meus pais também são assim. Não permitem que minha irmã durma na casa do namorado. Eles ainda têm uma concepção bem tradicional de relacionamento entre casais.

– Um dia ainda vou ter um cantinho só meu, aí poderemos ficar muito tempo juntos – disse ela, pensativa.

– Quando a gente se casar, não é, meu amor? – sugeriu ele.

Sabrina respondeu, sem convicção:

– Pois é, casar é algo tão complicado, tem que ser na hora certa.

Quando chegaram, os pais dela estavam sentados na sala com a televisão ligada. Arnaldo cochilava, com a cabeça virada sobre o ombro. Sua mãe estava acordada, assistindo a um programa de auditório, esperando Sabrina chegar. Assim que eles entraram, os pais se despediram e foram para o quarto. Ela estalou umas pipocas, colocou o filme e se aconchegaram no sofá.

No outro dia, decidiram viajar para Ilha Bela. Sabrina ficaria muito tempo longe, e eles queriam matar a saudade que já sentiam um do outro. Os tios de Ricardo tinham um pequeno chalé de frente para a praia e quase nunca o usavam. Eles eram idosos, e o único filho, médico, morava na Flórida há mais de quinze anos. Eles já haviam proposto que ele comprasse o lugar, porém Ricardo estava esperando a formatura para tomar uma decisão. Eles amavam a viagem para aquele paraíso, e até a travessia da balsa se tornava um momento único. Os tios dele permitiam que eles frequentassem o local quando quisessem. Um dia Ricardo pretendia comprá-lo, assim que as coisas se ajustassem. Por enquanto, sempre que podiam, ele e Sabrina gostavam de passar o fim de semana naquele recanto. Assim que desceram da balsa e tomaram o caminho que levava ao chalé, ela comentou:

– Toda vez que venho aqui é como se estivéssemos em outro planeta. Esse lugar tem uma magia especial, não é, amor?

Ele dirigia com atenção, observando a estrada estreita:

– Sim. Uma energia diferente. Eu mudo completamente minha percepção da vida quando estou aqui. O tempo não passa, a natureza é muito mais viva.

A estrada que levava à casa tinha cerca de dois quilômetros, assim que deixava o asfalto. Era tão apertada que quando outro carro vinha na direção contrária, um dos veículos era obrigado a parar bem juntinho ao barranco para dar passagem. A mata fechada, com poucos raios de sol, e os pássaros cantando, tornavam o caminho uma aventura indescritível, onde a natureza era quase intacta e preservada.

Sabrina observava cada detalhe da paisagem:

Capítulo VI

— Queria morar aqui para sempre. Se eu pudesse, nunca iria embora desse lugar.

Ricardo olhou para ela de soslaio e sorriu. Acenou a cabeça em concordância. Ele também tinha essa mesma vontade: ficar ali para sempre, ao lado dela.

O chalé era uma construção rústica, perfeitamente aconchegante. A sala principal tinha o pé-direito alto, com mais de doze metros de altura, e um lustre descendo na parte central. Uma grande mesa de madeira com oito cadeiras, quatro de cada lado, ocupava o centro da sala. As janelas, também de madeira com vidro, vedadas por cortinas brancas, levemente transparentes, deixavam entrever as espécies da Mata Atlântica a menos de trinta metros. Três suítes eram acessadas por uma escada de madeira, no andar superior. A cozinha, espaçosa e confortável, completava o ambiente.

Na parte externa, uma grande varanda coberta com telha de barro rodeava a casa pela frente e pelos dois lados. Enormes samambaias caíam do teto da varanda. Algumas poltronas espalhadas aleatoriamente e duas redes estendidas deixavam o local com uma atmosfera mágica. Na parte dos fundos, uma piscina de tamanho médio, nem muito pequena nem muito grande, ficava no centro de um lindo jardim, rodeado de palmeiras e pés de coco da Bahia. No fim da área coberta, existia uma churrasqueira e, ao lado, uma mesa de madeira rústica, com dois bancos grandes de cada lado, e duas cadeiras nas cabeceiras.

A casa estava incrustada num terreno de floresta nativa, com árvores altas, rodeada de passarinhos cantarolando. Uma moradora do vilarejo cuidava da limpeza e da conservação dos móveis, duas vezes por semana, razão pela qual tudo se mantinha na mais perfeita ordem.

Sabrina deitou-se na rede, ouvindo o som das ondas batendo na praia, a uns quinhentos metros. O barulho parecia estar distante e ao mesmo tempo perto. O balançar da rede entorpeceu seus músculos, fazendo-a adormecer profundamente. Depois de algum tempo ela acordou, abriu os olhos e percebeu que Ricardo estava sentado em uma poltrona ao lado, tomando uma cerveja. Fitava o horizonte, onde uma lua quase escondida brilhava sobre o oceano. Sabrina aproximou-se dele, pegou seu rosto com as duas mãos e beijou demoradamente seus lábios.

— Sozinho aqui, hein, meu príncipe? Peguei no sono e abandonei você! Estava tudo tão calmo que adormeci com o balanço da rede.

Ele passou as mãos pelo seu cabelo loiro e respondeu:

— Eu vi que você dormia, então peguei a espada e fiquei de vigia. Um pirata malvado poderia aparecer e querer levar minha linda princesa dourada.

Ela não disse nada. Sorriu, pegou as mãos dele e o levou para dentro. Subiram a escada abraçados e entraram no quarto. Enquanto ela tomava banho, ele admirava seu corpo escultural, sua beleza estonteante. Ela percebeu que ele a observava e virou-se sorrindo. Fez um gesto com os dedos, chamando-o para entrar no chuveiro com ela. Ricardo levantou-se, tirou a roupa, caminhou para o chuveiro e, pegando o sabonete, começou a acariciar o corpo dela, com movimentos lentos e circulares. Da mesma forma, ela acariciava seu corpo forte e musculoso. Suas mãos percorreram as costas dele, ensaboaram seu peito e desceram pelas partes íntimas. Encontrou o membro forte e enrijecido. Sentiu um arrepio por todo o corpo. Foi se aconchegando, a espuma fazendo com que seus corpos ficassem escorregadios.

Ele agarrou-a pela cintura, ergueu-a em seus braços e Sabrina se encaixou com as pernas em volta dele. Seus movimentos começaram lentos e simétricos, e foram acelerando, cheios de paixão. O chuveiro soltava uma ducha morna, e o espelho ficou embaçado com a respiração cada vez mais acelerada dos amantes. Alguns minutos se passaram, uma eternidade de amor uniu os dois naquele momento mágico. Repentinamente, explodiram em êxtase, chegando mutuamente a um orgasmo completo e arrebatador.

Saíram do banheiro, pegaram a toalha, enxugaram os corpos molhados e recostaram-se na cabeceira da cama. Ricardo foi até o frigobar e abriu uma garrafa de vinho tinto. Ligou uma vitrola que ficava no aparador e colocou um disco de vinil para tocar uma música que eles adoravam. *Something*, dos Beatles, invadiu o quarto, fazendo seus pensamentos voarem ao encontro das nuvens.

Something in the way she moves
Algo no seu jeito de andar
Attracts me like no other lover
Atrai-me como nenhum outro amante.

Capítulo VII

Capítulo VII

A turnê estava sendo muito elogiada pelo público e pela crítica. O cenário, as performances e a montagem impecável do espetáculo não deixavam nada a desejar, recebendo extensos aplausos ao fim de cada apresentação. Já haviam passado por três países, e a última etapa seria na cidade de Santiago, no Chile, onde fariam quatro apresentações. Hospedaram-se no Hotel Crowne Plaza Santiago, localizado na Rota 68, apenas a seis minutos a pé da estação de metrô Baquedano, e a dois quilômetros das galerias do Museu Nacional de Belas Artes. Enquanto visitavam as instalações do teatro, Sabrina pensava no início dessa viagem, que estava sendo um marco em sua vida.

As apresentações iniciaram-se em San Juan de Porto Rico, cidade com aproximadamente 500 mil habitantes, a mais antiga dos Estados Unidos, pois oficialmente Porto Rico é parte do território americano.

O teatro *Alejandro Tápia & Rivera*, onde aconteceram as apresentações, está localizado na Old San Juan, região central, onde existiam excelentes restaurantes. O teatro não é tão grande, com capacidade para 700 espectadores, e foi construído no ano de 1832, sendo um marco da arquitetura da cidade. Ao adentrar em suas dependências, os artistas sentiam-se como viajando no tempo e na história. Era uma sensação indescritível. Sabrina estava deslumbrada, e enquanto faziam o reconhecimento do palco, ela comentou:

– Laura, que espetáculo esse teatro!

A professora parecia viajar no tempo, observando cada detalhe das instalações:

– Lembro-me de ter participado de uma apresentação neste lugar dez anos atrás. Foi uma sensação incrível. Nunca me esqueci desse dia.

Sabrina comentou, como se falasse para si mesma:

– Será que o público vai gostar da nossa performance? Espero que sim.

– Pode ter certeza que sim. O público desta cidade é muito receptivo e tem um gosto refinado para a arte. Vamos fazer bonito!

À noite, quando os artistas terminaram a apresentação, foram ovacionados de pé. Sabrina participava pela primeira vez como bailarina do corpo principal e, apesar de estar um pouco nervosa, não cometeu nenhum deslize, e tudo transcorreu da forma esperada. Fizeram outra performance dois dias depois, e então seguiram para Montevidéu, na manhã seguinte.

No palco, Sabrina se convertia em outra pessoa. Todos os seus medos, angústias e insegurança se transformavam em atitude positiva. Sentia-se dona de cada centímetro da arena e nada em volta lhe incomodava. Era como se flutuasse e todas as luzes estivessem ligadas para que ela brilhasse. Era assim desde pequena, quando ainda se apresentava na escola. O cenário lhe dava a exata dimensão de seu potencial. Nada podia segurá-la. Toda a timidez e calma que exibia no dia a dia era substituída pela personagem em que ela se transformava.

Já muito mais segura, em perfeita integração com o elenco, viu as apresentações no *Teatro Sólis*, em Montevidéu, serem um sucesso absoluto. Tal como imaginava, o local era deslumbrante. Inaugurado no ano de 1856, o teatro homenageava com seu nome o navegante espanhol Juan Diaz de Sólis, comandante da primeira expedição europeia a adentrar o Rio de La Plata. A fachada principal do *Teatro Sólis* tinha semelhanças com a do *Teatro Carlo Felice*, de Gênova, na Itália. Sua arquitetura interior guardava semelhanças com o teatro *Metastasio*, em Florença. No final da apresentação, Pierre Berny entrou no camarim eufórico:

– Foi uma apresentação deslumbrante, Sabrina. O elenco estava muito conectado, a interação foi perfeita – elogiou.

– Obrigada, Pierre. A performance foi muito boa, graças à condução segura da direção artística. A concentração da equipe ajudou a fazermos o melhor – respondeu ela.

Laura sorria disfarçadamente. Pierre Berny não estava tão seguro quando ela havia feito a indicação de sua aluna como substituta de Clara Mattos no elenco principal. Achava que ela ainda não estava madura e que poderia comprometer o espetáculo em uma turnê tão importante. Agora, depois da segunda apresentação, diante da reação do público, ele fazia publicamente o elogio e reconhecia o acerto da escolha.

– Eu tinha certeza de que ela daria conta do recado. É dedicada e muito talentosa – disse Laura, com um sorriso.

Pierre Berny se encontrava em estado de graça. Respondeu entusiasmado:

– Realmente, eu tinha algum receio pela falta de experiência dela. Mas reconheço que seu aval foi muito importante. Ela está correspondendo à altura. Integrou-se muito bem no time – disse ele, conformado.

Sabrina estava muito feliz. No restaurante, tomaram vinho, e ela pediu uma *paella* uruguaia, prato típico bastante apreciado na culinária local. O preparo

Capítulo VII

dessa iguaria é feito com camarões, lulas, mexilhões, vôngoles, ervilhas e não dispensa açafrão e azeite de oliva. Uma delícia! Para sobremesa, ela provou o alfajor, uma iguaria de origem árabe, mas que foi adotada pelos uruguaios. Sua composição com o famoso doce de leite local torna a iguaria irresistível.

Antes da meia-noite, despediu-se e subiu para o apartamento. Precisava falar com sua mãe, com seu pai e com Ricardo. Ligava para eles todos os dias e contava das apresentações, dos medos e dos acertos durante o espetáculo. Chegando ao quarto, tirou a roupa, entrou no banheiro, abriu a ducha, deixando a água escorrer pelo corpo. Sentiu-se relaxada, chegando a cantarolar mentalmente uma música que amava. *In my life,* dos Beatles.

There are places I'll remember
Há lugares dos quais vou me lembrar
All my life, though some have changed
Por toda a minha vida, embora alguns tenham mudado
Some forever, not for better
Alguns para sempre, não para melhor
Some have gone and some remain
Alguns já nem existem e outros permanecem
All these places have their moments
Todos esses lugares têm seus momentos

Vestiu um pijama, deitou-se na cama e pegou o telefone no criado-mudo ao lado da cabeceira. Discou zero para conseguir uma linha e digitou o número de Ricardo. Sabia que ele estava esperando a ligação dela.

– Alô, meu amor, tudo bem? – ele atendeu, com a voz sonolenta.

– Oi, meu querido. Como você está? Até parece que já estava dormindo. Demorei muito a ligar, não foi?

– Não tem importância, meu bem. Eu estava estudando, depois fiquei vendo televisão e cochilei um pouquinho no sofá. Esperava sua ligação – respondeu.

Ricardo sentia muita falta da namorada. Nunca tinham ficado tanto tempo separados, e isso o atormentava. Imaginava as pessoas aplaudindo Sabrina, abraçando-a, trocando beijos com ela no fim de cada apresentação. Na mente dele, essas atitudes que sequer aconteciam de verdade, tomavam a dimensão de flertes e assédios por colegas e admiradores. Era um verdadeiro tormento.

– Como foi a apresentação? O público gostou? – perguntou, em seguida.

– Fomos aplaudidos de pé. Você não faz ideia do sucesso que fizemos. O diretor me elogiou na frente dos colegas. Fiquei orgulhosa – disse ela, batendo com os nós dos dedos no bocal do telefone.

– Esse francês é um metido! Nunca fui com a cara dele. Com certeza quer alguma coisa de você!

– Que isso Ricardo, tá ficando louco? O Pierre é um profissional dedicado e comprometido com a companhia, e nem é francês. É descendente – respondeu ela, surpresa.

– Não confio nem um pouquinho nele, muito menos nos seus colegas. Para mim são todos uns interesseiros – retrucou ele.

– Não estou te entendendo. Deixo todo mundo lá embaixo e venho ligar para você, morrendo de saudade, querendo contar como tudo foi maravilhoso, e você fica enciumado, falando mal das pessoas com quem trabalho. Isso não é correto e me deixa muito triste – desabafou ela.

Ele viu que tinha exagerado e tentou se desculpar:

– Desculpe, meu amor. Eu falei sem pensar. Estou com saudades de você, não sei o que se passa comigo. Tenho vontade de fazer uma besteira. Às vezes, penso que todos querem tirar você de mim.

Sabrina perdeu todo o entusiasmo da conversa, e aquela sensação de felicidade deu lugar a uma forte nostalgia. No melhor momento de sua vida, em que tudo estava acontecendo de forma esplêndida, seu namorado se demonstrava mais uma vez uma pessoa insensível. Gostaria de falar muitas coisas para ele. De sua entrega desde adolescência, de sua fidelidade, mas entendeu que não adiantaria continuar essa conversa por telefone. Por isso, encerrou:

– Eu não vejo a hora de voltar. Serão mais quatro semanas e estarei de volta. Aí poderemos falar sobre tudo isso. Agora vou dormir, estou morta de sono. Um beijo grande – disse ela.

– Beijo, meu amor. Você ficou chateada, não foi? Por favor, desculpe-me, fui insensível e bobo, mas não se esqueça de que te amo muito – respondeu ele.

Capítulo VII

Sabrina desligou o aparelho, virou-se para o canto e adormeceu imediatamente. Estava exausta.

Quando acordou, a sensação de angústia e sofrimento havia passado. Estava feliz e bem-humorada. Desceu para tomar o café, encontrando alguns colegas no salão. Antes, porém, ligou para sua mãe. Sentia-se culpada por não ter ligado para ela na noite anterior. Quando ela atendeu o telefone, demonstrou uma grande ansiedade:

– Sabrina, fiquei preocupada com você! Esperei até mais de meia-noite, depois acabei indo dormir – disse Renata.

– Desculpe, mamãe. Ontem foi uma correria após a apresentação. Eu estava muito emocionada, depois fomos jantar, e quando fui para o quarto já era tarde – justificou ela.

– Seu pai foi fazer uma caminhada, mas ele perguntou várias vezes por você durante o café. Está preocupado.

– Oh! Mamãe, desculpe novamente. Diga ao papai que está tudo bem, que ligo para ele mais tarde.

A maioria dos colegas tomava sol na piscina. Quando terminou o café, ela desceu e encontrou Laura descansando em uma espreguiçadeira no jardim. Deitou-se ao seu lado, e sem falar nada fechou os olhos, pegou na mão da amiga e fez um carinho.

Era um gesto de agradecimento e amizade.

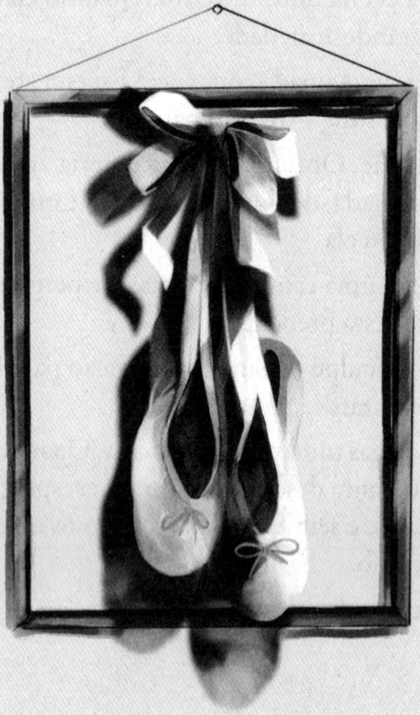

Capítulo VIII

Capítulo VIII

A terceira cidade onde a companhia se apresentou foi Bogotá, capital da Colômbia. Chegaram em uma noite de domingo e na segunda-feira foram fazer o reconhecimento do local da apresentação. O *Teatro Cólon*, considerado uma das sete maravilhas da Colômbia tem uma fachada belíssima e muita história. Sua construção foi iniciada em 1855, demorando mais de dez anos para ficar pronto. O projeto do arquiteto italiano Pietro Cantini, teve inspiração nos grandes teatros europeus. A companhia fez duas apresentações perfeitas, com o teatro lotado e o público aprovando a performance de forma consagradora. A equipe de apoio não deixou nada a desejar e a direção artística do balé, com Pierre Berny e Laura, deram a segurança que o elenco precisava. Após a última apresentação em Bogotá, seguiram para Santiago onde fariam quatro performances. Depois era voltar para casa.

Sabrina e Laura tomavam um café perto do hotel e, enquanto olhavam as pessoas andando na calçada, ela comentou:

– Estou ansiosa para terminar a viagem.

– Eu também. Apesar disso tudo fazer parte de nossa vida, as pessoas não entendem como cansa ficar tanto tempo longe e em constante tensão – respondeu Laura.

– É verdade. Às vezes parece que o chão vai sumir debaixo da gente. Outro dia, quando cheguei ao quarto do hotel, chorei compulsivamente, de tanto que estava emocionada. Só de pensar que alguma coisa poderia dar errado, eu desabei.

– Já senti isso muitas vezes, querida. Não conseguimos evitar esses momentos de estresse e angústia – concordou Laura. Ela bebericou a xícara de café e perguntou: – E o Ricardo, como ele está se sentindo?

– Falo com ele todos os dias. Não sei o que vai ser de nós. Ele está cada dia mais incomodado com minha carreira. Reclama do tempo que passo estudando, das viagens. Ele é muito possessivo e ainda por cima quer se casar assim que terminar a faculdade. Apesar de tudo, estou com saudades, pois gosto dele – respondeu. Sabrina voltou-se para a amiga, e perguntou: – Querida, como está o Régis, melhorou? Fico preocupada com vocês.

Laura ficou pensativa e, por um momento, pareceu entrar em transe. Seus olhos marejaram.

— Ele está cada dia pior. Tudo que faço parece que o deixa mais para baixo. Já pedi para ele procurar a ajuda de um psicólogo, mas ele não concorda. Assim que voltar, vou tentar convencê-lo novamente, para ver se consigo levantar o astral dele.

Régis era o marido de Laura. Estavam casados há mais de quinze anos e tinham uma filha de doze anos, chamada Gisela. Ele era um respeitado economista que trabalhava em uma corretora de valores. Amava as artes e tinha ligação especial com teatro, música e dança. Eles haviam se conhecido durante uma apresentação de Laura. Quando o espetáculo terminou, ele procurou o camarim e elogiou a performance dela. Muito bonito e educado, ela ficara encantada. Convidou-a para visitarem uma exposição no MAM e continuaram saindo por algum tempo. O caminho percorrido após esse primeiro encontro foi o namoro e depois o casamento. Régis não faltava às apresentações em São Paulo e em outras cidades do país. Quando ela viajava, ele ligava todos os dias. Eram felizes e realizados.

No último ano, ele havia passado por uma bateria de exames, pois estava com sintomas bastante fortes de obstrução urinária, e o diagnóstico acusou um câncer de próstata. A sorte era que estava em estágio inicial, e buscaram o atendimento de um hospital de referência. Ele fez a cirurgia, retirou o nódulo e, segundo a avaliação da equipe médica, o procedimento havia sido um sucesso. Agora, o desafio seria o tempo e a determinação para se recuperar totalmente.

Era comum que esse tipo de cirurgia mexesse com a autoestima dos homens, e isso dificultava a recuperação, que era o caso do Régis. Em vez de focar o restabelecimento, ele ficava imaginando que nunca mais seria o mesmo homem. Isso alterava diretamente o seu humor. No trabalho, em casa, no relacionamento social com os amigos e tudo mais. Sabrina se consternou com a emoção estampada no rosto da amiga e comentou:

— Já tem mais de um ano da cirurgia. Ele ainda continua sem nenhuma recuperação?

Laura respondeu com tristeza:

— Acontece que ele não se dispõe a tentar. Sempre que me aproximo, que tento estimular um contato, ele se fecha. Às vezes chega a ser constrangedor, pois ele fica agressivo. Ele me afasta de forma abrupta. Nem parece a pessoa carinhosa que eu tive do meu lado durante toda a vida.

Capítulo VIII

– Amiga, tente entender o ponto de vista dele. Os homens têm na masculinidade toda a essência de sua vida. Imaginar o que pode ter sido afetado definitivamente deve ser muito difícil.

– Eu compreendo isso. Tive uma colega que retirou os seios por causa de um câncer de mama e nunca mais se recuperou. Ela colocou próteses, mas não conseguia sequer se despir para o marido. Acabaram se separando.

– Eu já ouvi falar de casos assim. Nós, mulheres, temos os seios como nosso principal atributo, e qualquer problema com relação a isso afeta profundamente a nossa autoestima. Mas você deve insistir. O Régis é um cara muito bacana e vocês se amam. Com o tempo, tudo vai se ajeitar.

Laura não conseguiu segurar as lágrimas.

– Eu vou insistir sim. Acontece que às vezes eu penso que se ele não quiser, nada do que eu faça vai gerar resultado. E o meu medo é de que acabemos nos afastando, sem possibilidade de retorno. Chego a pensar que é isso que ele quer.

– Vai ficar tudo bem, querida. Quando a gente voltar, faça uma viagem com o Régis e tente não forçar. Deixe as coisas acontecerem naturalmente.

– Está certo, eu vou fazer isso. Obrigada por perguntar. Eu estava precisando falar sobre isso com alguém. Obrigada mesmo – agradeceu Laura, com alívio.

Sabrina sorriu, acariciando a mão dela. Imaginava como era difícil entrar no universo particular de qualquer pessoa. Cada qual tinha a sua cruz, nem mais leve nem mais pesada, apenas com percepções diferentes para cada ser humano. Eram histórias que só poderiam ser contadas por quem as vivenciam. São únicas, e muitas vezes o silêncio esconde um sofrimento inimaginável.

Depois de um tempo, levantaram-se e caminharam para o *hall* do hotel. Precisavam descansar. Logo mais teriam que se apresentar para um público muito exigente, e precisavam estar dispostas e preparadas. Dirigiram-se ao elevador e subiram para o quarto.

– Até mais tarde. Descanse bem. Não se esqueça dos alongamentos – disse Laura.

– Pode deixar. Não vou esquecer. Bom descanso para você também – respondeu Sabrina.

Em Santiago, a companhia repetiu o sucesso das apresentações anteriores. Um público bonito e exigente aplaudiu com entusiasmo a performance impecável dos bailarinos. Assim que o espetáculo terminou, as cortinas baixaram, e a equipe respirou aliviada. O sentimento de terem feito o melhor tomou conta de todos. Eles se abraçaram e alguns caíram em pranto. Pierre Berny entrou no palco e abraçou Sabrina com força, dizendo:

– Parabéns, *chéri*. Você foi maravilhosa! Estamos muito felizes.

Ela respondeu com a voz embargada de emoção:

– Obrigada, Pierre. Você não pode imaginar como estou agradecida. Como estou contente com tudo. A confiança de vocês me deu segurança, como também a toda equipe.

Ele sorriu e retrucou:

– Vamos jantar mais tarde para comemorar o fim da turnê. Já passei o nome do restaurante para a Laura. Espero por vocês lá.

Ele se afastou, cumprimentando os outros bailarinos, e Laura se aproximou.

– Querida, você foi simplesmente fantástica. Estou muito feliz.

Sabrina abraçou a amiga demoradamente, sem dizer uma palavra. Apenas o soluço contido e as lágrimas escorrendo de seus olhos demonstravam o tamanho da emoção que ela sentia. Por fim, ela se afastou e disse:

– Devo tudo isso a você. Não tenho palavras para agradecer. Fica apenas minha eterna gratidão.

Laura não conseguiu falar também. Os olhos marejados, a voz presa na garganta e a emoção à flor da pele respondiam por ela. Seguiram abraçadas para o camarim e foram trocar de roupa. No outro dia, embarcariam para São Paulo. Era hora de voltar para casa, rever a família e descansar por uma semana. Tentar colocar as coisas em ordem e seguir com a vida.

Capítulo IX

Capítulo IX

Miguel ficara impressionado com a beleza e a elegância da moça que conhecera em sua última viagem a Nova Iorque. Durante o jantar, pôde apreciar a refinada educação dela, a simpatia de sua mãe, e a firmeza com que tratava dos assuntos relacionados à sua carreira. Naquela noite, ele havia chegado ao restaurante um pouco injuriado e queria ficar sozinho. Durante o dia, os aborrecimentos esgotaram sua energia devido a uma péssima conversa que tivera com alguns investidores. Uma queda abrupta no mercado de carnes e derivados fez as ações da companhia desabarem, e muitos deles não entendiam que isso era uma reação à oferta exagerada de produtos. Era preciso balancear a produção, ajustando a demanda e assim recuperar os investimentos. Depois de horas de discussões intermináveis, ele preferiu jantar sozinho e dispensou a companhia de clientes e assessores. Buscou o restaurante italiano que frequentava de vez em quando. Lá ele conhecia a culinária, o gerente e o *maître*, e poderia comer sem ser perturbado.

Ele possuía uma rotina comercial bastante intensa, com viagens, reuniões com investidores e tudo que demandava conduzir a área comercial de uma das maiores companhias de proteína animal do planeta. A sede da empresa ficava em São Paulo, mas existiam escritórios espalhados por várias partes do mundo. Ele estava com 38 anos, tinha sido casado por cinco anos, mas sem filhos. Um relacionamento sem muitas alegrias e que acabou em separação.

Desde a juventude, ele se dedicava a manter uma excelente condição física. Era desportista por natureza. Gostava de jogar tênis, navegar, mas sua maior paixão era jogar polo. Sua habilidade de cavalgar, aliada ao porte atlético, com mais de 1,80 m de altura e o peso de 84 quilos muito bem distribuídos, tornavam-no um excelente atacante nesse esporte. Com os desafios de comandar a companhia, precisou diminuir as participações em torneios, mas continuava treinando muito e, às vezes, quando podia, disputava alguns campeonatos.

Ele observou a chegada de duas mulheres falando português no restaurante e notou que elas esperavam uma mesa. Como era um velho conhecido do gerente, procurou se informar e ficou sabendo que elas tinham uma reserva para duas pessoas, ou seja, não esperavam mais ninguém. Como ele estava sozinho, resolveu arriscar na abordagem, pois ficara impressionado com a beleza da moça loira de olhos azuis, dona do sorriso mais encantador que já tinha visto.

Seu plano foi um sucesso. Elas foram educadas, aceitaram o convite e tiveram uma conversa agradável, regada a um bom vinho e com uma comida excelente. Não passou disso. Ele até insistiu em encontrá-la outra vez, porém ela recusou, dizendo que estava comprometida, e o assunto não evoluiu. Entretanto, Miguel não conseguiu esquecê-la. Procurou saber de suas atividades, do seu calendário de espetáculos, e até assistiu uma apresentação em São Paulo, de forma velada, sem aparecer para cumprimentá-la. Ficou sabendo também que Pierre Berny, um velho conhecido seu, era o diretor artístico da companhia.

Dessa forma, fez com que algumas reuniões que tinha em Montevidéu coincidissem com o fim da turnê que eles faziam pela América do Sul. Assistiu à última performance da companhia e combinou com Pierre que estaria presente no jantar de confraternização da equipe, e, com isso, teria a oportunidade de rever Sabrina. Tinha esperança de que desta vez, quem sabe, ela prestasse mais atenção à sua pessoa. Estava determinado a tentar se aproximar dela e descobrir o porquê de ela não sair de seus pensamentos.

No restaurante, Sabrina ficou muito surpresa quando se deparou com Miguel. Ela se recordava do encontro em Nova Iorque, às vezes comentava com sua mãe, mas não queria dar maior importância a esse fato. Ficou emocionada ao revê-lo, principalmente durante um jantar da companhia, que se consagrava em uma turnê tão importante.

– Jamais esperava encontrá-lo novamente, principalmente aqui nesta cidade e neste jantar – disse ela, surpresa.

– Eu sou amigo do Pierre Berny. Como estava na cidade a negócios, aproveitei para assistir ao espetáculo. Então, ele me falou do jantar, e eu me convidei para vir. Queria revê-la – respondeu ele.

– Ah, entendo. Sua empresa tem negócios no país?

Ele não queria falar de negócios, mas entendeu que não havia forma de se esquivar:

– Sim, temos um escritório aqui, como também a participação em alguns negócios com empresários locais. Me conte, como foi a turnê? Deve ter sido bastante cansativa, não?

– Sem dúvida. Hoje completamos dois meses de apresentações. Não podemos deixar de ser gratos ao público pelo sucesso alcançado, mas realmente foi estafante. Estou louca para voltar para casa – respondeu ela.

– Imagino como deve ter sido. Agora, um período de descanso colocará as coisas em ordem novamente – disse ele.

Capítulo IX

Continuaram a conversar e falaram sobre muitas outras coisas, passando a se conhecer mais. A conversa fluiu de forma tão natural entre eles que as outras pessoas não quiseram interromper. Parecia não existir mais ninguém além deles naquele jantar. Ele contou sobre seus negócios, sua família e algumas coisas que ainda gostaria de fazer. Ela também se soltou, falando sobre sua vida e seus sonhos, de tudo que ainda queria realizar. Quando terminou o jantar, Miguel pediu para acompanhá-la. Despediram-se no saguão do hotel, sem promessa de se encontrarem novamente.

Esse encontro deixou Sabrina intrigada. Miguel passou a ocupar parte de seus pensamentos. Sua simpatia, gentileza e seu sorriso fácil tornaram-se inesquecíveis para ela.

Miguel voltou para o Brasil impressionado com a beleza e a meiguice daquela moça. No primeiro encontro, de forma casual, a conversa havia sido permeada de tensão e desconfiança. Ninguém se conhecia propriamente, e a apresentação acontecera de forma inusitada. Agora, pela segunda vez, teve a oportunidade de encontrá-la em um ambiente mais amistoso, rodeada de amigos. Eles puderam ficar mais soltos, a conversa foi agradável, entretanto, tiveram pouco tempo para se conhecer. Ele precisava encontrar uma forma de se aproximar de maneira firme. Não restava dúvida em seu coração: havia encontrado a mulher que sempre sonhara.

Entretanto no caminho havia um obstáculo. Ela dizia ter um relacionamento antigo, que vinha desde a adolescência e, pelo que dava para perceber, os dois se gostavam. Ora, mas isso não poderia impedir que ele lutasse por ela. Não estava casada, sequer noiva. Miguel não iria desistir tão fácil.

Quando chegou a São Paulo, ficou dias imaginando como fazer a abordagem de forma correta, que não pusesse tudo a perder. Pelo pouco que pôde sentir da garota, ela era muito sensível e comprometida – com a família, com a carreira e com seus relacionamentos. Ele não poderia deixar transparecer a mínima leviandade em suas intenções. Precisava achar a forma certa de se aproximar dela. Mas de uma coisa ele tinha certeza: não desistiria jamais dessa missão. Ele iria conquistá-la e ficaria ao seu lado para sempre.

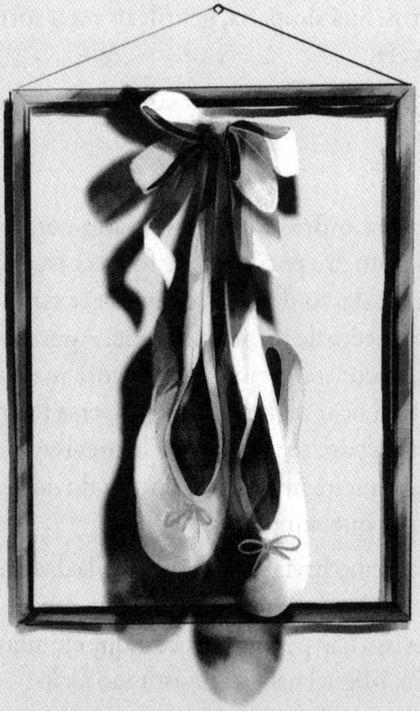

Capítulo X

Capítulo X

A temperatura marcava 17 graus e uma névoa seca pairava sobre a cidade quando o avião pousou no aeroporto de Guarulhos. Eram precisamente 6h55 da manhã, e o barulho do trem de pouso tocando o solo acordou Sabrina. Ela dormiu praticamente a viagem inteira, sequer percebeu o tempo passar. Quando saiu no saguão do aeroporto, seus olhos brilharam. Lá estava Ricardo, segurando uma flor, que ela recebeu emocionada. Abraçaram-se demoradamente, trocaram um beijo intenso, cheio de paixão e saudade. A emoção do reencontro era tão grande que ela nem se lembrava daquela conversa horrível de alguns dias atrás.

– Como você está linda, meu amor.

– Não me engane. Devo estar destruída, dormi durante todo o voo. Você sim é que está maravilhoso, lindo! Que saudade do meu príncipe – disse ela, com um sorriso. – Cadê a mamãe e o papai?

Arnaldo se adiantou, acompanhado de Renata:

– Estamos aqui, minha linda. Que bom que você chegou.

Ela pulou no pescoço dele, abraçando sua mãe ao mesmo tempo:

– Ah, papai, que saudade! Mamãe, que bom te ver. Estava morrendo de vontade de te abraçar. E me conta, sentiu minha falta?

– Claro, minha filha. Estávamos com muita saudade. Você faz muita falta.

Renata sorria e chorava ao mesmo tempo. Toda vez que a filha voltava de uma viagem, o reencontro era regado a lágrimas de felicidade. Pegaram as malas e seguiram para casa. Sabrina queria desfrutar do aconchego de seu quarto, relaxar, comer uma comidinha caseira, ficar junto de seus pais e de Ricardo. Apesar de sentir-se realizada, a turnê havia sido muito cansativa, e a tensão constante abalava pesadamente o emocional de todos. Combinaram de ir para Ilha Bela descansar. Sabrina seguiria com os pais no dia seguinte e, no fim de semana Ricardo se juntaria a eles. À noite, ela ligou para Laura.

– Amiga, estou indo com meus pais para Ilha Bela amanhã. Na sexta-feira o Ricardo vai nos encontrar. Chame o Régis para vocês ficarem com a gente no fim de semana.

– Obrigada pelo convite, querida. Vou falar com o Régis e quem sabe ele se anima – respondeu Laura.

No dia seguinte, partiram para Ilha Bela e chegaram ao entardecer. Desceram as malas, e enquanto Arnaldo organizava as bagagens, Sabrina foi com a mãe até a praia. Caminharam algum tempo pela orla, ouvindo o barulho das ondas. O pôr-do-sol, com seus raios brilhantes, emoldurava o horizonte enquanto elas conversavam sobre os últimos acontecimentos. Eram muito amigas e podiam falar sem rodeios. Sabrina contou das emoções durante a turnê, da insegurança e da felicidade por tudo ter saído de acordo com o planejamento da companhia.

– Laura te deu muita força, filha. Ela gosta muito de você e acredita no seu talento.

– Sim. Ela me apoiou desde que cheguei a São Paulo. Na escola, sempre me deu todas as dicas e na primeira oportunidade me promoveu. Devo muito a ela – concordou.

– Nós nunca somos nada sozinhos. Precisamos contar com as pessoas de bem. E, quando pudermos, precisamos ajudá-las – disse a mãe.

– Claro. Você e o papai me ensinaram que devemos ter alegria e o coração aberto para ajudar e acolher as pessoas. Sou muito feliz com seus ensinamentos. Até queria fazer mais, mas a vida é muito corrida – falou.

– Não se cobre tanto, querida. Você já se dedica muito. Sua carreira é importante e não vai durar para sempre. Renata olhou para ela e perguntou, arqueando as sobrancelhas: – E o Ricardo? Ano que vem ele já estará formado. O que vocês pensam em fazer? Seu pai estava me perguntando se vocês vão se casar.

– Ele às vezes fala de casamento, mas, sinceramente, eu ainda não parei para pensar nisso. Estou com medo desse nosso relacionamento. Ele é muito possessivo e ciumento. Não sei se quero me casar – respondeu ela, cerrando os olhos.

– Você não deve ter pressa; mas, na sua idade, já é hora de começar a pensar no futuro.

Renata falava sem muita convicção. Tocou no assunto, mas entendeu que não deveria insistir, pois Sabrina não tinha se empolgado muito. Ela sabia do espírito controlador de Ricardo e, apesar de conhecê-lo desde criança, ficava preocupada com esse comportamento. Muitas vezes ela via Sabrina triste e infeliz e, pela sua experiência, entendia que esse não era um bom sinal para uma vida a dois.

Capítulo X

Algumas nuvens espessas apareceram no horizonte, prenunciando que poderia chover. Então, ela sugeriu:

– Vamos voltar. Já está escurecendo. Seu pai já deve ter chegado com as compras e precisamos fazer alguma coisa para comer.

– Vamos sim.

Enquanto caminhavam, Renata notou que a filha estava com o olhar distante, fitando as ondas com um jeito pensativo. Então perguntou:

– Filha, quer falar alguma coisa? Se te conheço, não me contou tudo. O que está te incomodando?

– Nada de mais, mamãe. Lembra do Miguel Bianchi? Aquele rapaz que conhecemos em Nova Iorque? Encontrei com ele em Santiago.

Renata virou-se para ela, espantada:

– Como assim? Você não me disse nada. E o Ricardo, você contou para ele?

– Não aconteceu nada. Ele apareceu no jantar de despedida para comemorar o fim da turnê. Ele é amigo do Pierre Berny, o diretor da companhia. Conversamos um pouco, nada além disso – explicou Sabrina.

– Mas pelo jeito você ficou interessada. Do contrário não estaria falando dele.

– Não sei se fiquei interessada. Você sabe que amo o Ricardo. Mas o Miguel é um cara diferente. Tem um brilho no olhar muito intenso e demonstrou interesse por mim, apenas isso.

Sua mãe falou, preocupada:

– Cuidado, meu amor. Às vezes essas coisas acontecem de forma inesperada e colocam nossa cabeça em parafuso.

– Não se aflija, mamãe. Foi apenas um jantar – respondeu.

Entraram no chalé, e Arnaldo já havia chegado com as compras. A zeladora estava terminando de arrumar a casa e ajeitando a cozinha. Renata foi ajudá-la, escolhendo algumas coisas para o jantar. Sabrina se aconchegou em uma rede estendida na varanda e deixou os pensamentos voarem até o infinito. Sua mãe tinha falado em casamento...

Nunca havia pensado seriamente nessa hipótese. É claro que, como qualquer mulher, a partir de certa idade, ela pensava em formar uma família, ter filhos e sua própria casa. Entretanto, ela ainda não sentia aquela sensação de que a hora havia chegado e de que o parceiro certo estava ao seu lado.

Ricardo poderia ser o cara adequado para qualquer moça, mas ela não tinha certeza se queria casar com ele. Era muito possessivo e controlador. Ciumento demais para equilibrar uma relação. *Seria esse o momento apropriado para se comprometer definitivamente?*, pensava ela. Sua carreira estava decolando de forma sólida e havia muitos degraus para subir e muitas coisas para conquistar.

Não estava preparada para um passo tão importante e definitivo. Família, filhos... Ela ainda não conseguia se imaginar dentro desse processo. Ou será que seu namorado não era a pessoa certa no momento? Pelas histórias que ouvia, pelo narrar de sua própria mãe, quando as pessoas encontram a cara metade, não existem essas dúvidas. E sob esse prisma, ela desconfiava que ele poderia não ser sua alma gêmea.

E agora, havia Miguel. Como dissera para sua mãe, nada tinha acontecido, mas não podia negar ter sentido uma forte atração, uma cumplicidade espontânea e natural. Nada que fosse alterar profundamente seu namoro. Amava Ricardo e não nutria nenhuma intenção de causar um conflito entre eles. No entanto algumas dúvidas pairavam no ar.

Na adolescência, ela havia ficado com outros rapazes, mas desde que conheceu Ricardo, não se interessou por nenhum outro. Certa vez, quando terminaram o namoro em razão de uma das muitas desavenças que tiveram, eles ficaram separados por dois meses. Como sempre, o ciúme e a insegurança foram a causa de tudo. Nesse período, ela saiu com um rapaz que conheceu em São Paulo, mas não passou de uma ida ao cinema e de algumas conversas. Logo, ela e Ricardo se entenderam, e tudo voltou a ficar bem entre eles. Agora estava em outra fase, a carreira deslanchando, as viagens, o reconhecimento, e de repente apareceu Miguel!

Sabrina lembrava-se do quanto ele era divertido e bem-humorado. Além de ser bonito, sem sombra de dúvida. Moreno, alto, olhos escuros e penetrantes, ele parecia não ter mais do que trinta e cinco anos. Suas feições não definiam a idade, podia ter um pouco mais ou talvez um pouco menos. O cabelo bem cortado, um pouco longo, dividido ao meio e jogado para os lados, dava a impressão de uma pessoa bastante descolada. O queixo forte e quadrado demonstrava muita personalidade. Falara pouco de negócios, mas tudo indicava ser um homem bem-sucedido. A voz de seu pai a trouxe de volta à realidade:

Capítulo X

– Sabrina, abri um vinho que trouxe. Aceita uma taça? – perguntou ele.

Ela se levantou da rede e foi ao encontro do pai na sala de estar. Arnaldo trazia uma bandeja com algumas fatias de salame, uma porção de azeitona e queijo fresco. Sabrina colocou uma música para tocar e pegou a taça para brindar com seus pais. Sabia de quais músicas eles gostavam. O som límpido e romântico dos Rolling Stones cantando *Angie* invadiu a sala, e sua mãe se derreteu. Renata adorava essa música. Olhou para ela e piscou, agradecida. Seus pais formavam um casal maravilhoso.

Apesar de Arnaldo ser mais velho, ele e Renata viviam sempre na mesma sintonia. Amavam-se desde sempre e nunca haviam brigado. Ficar junto deles era desfrutar de alegria, bom humor e muita paz. Sabrina sentia-se muito bem na companhia deles. Jantaram ao som de Bob Dylan e, depois de terminarem a segunda garrafa de vinho, foram para o quarto, dormir. *Como era bom estar em casa*, pensava ela. Rodeada de pessoas maravilhosas, que a amavam de verdade e lhe davam toda a segurança que ela necessitava. Na sexta-feira à noite, Ricardo chegou. Ouviram música, beberam vinho e jantaram uma lasanha feita por Renata.

A lua refletia sua pálida luz sobre o oceano, e os dois foram caminhar na praia. Depois de um tempo, Sabrina estendeu a toalha na areia, em um local tranquilo, perto de um arbusto, e deitaram-se de costas, apreciando o céu coalhado de estrelas. Ele acariciou o cabelo dela, segurou levemente o seu rosto e beijou seus lábios delicadamente. Sabrina virou-se. Suas pernas se apoiaram nas pernas fortes dele, e ela foi se aconchegando em seus braços. Um beijo longo, demorado, cheio de amor e de paixão, e seus corpos foram se juntando. Ele falava palavras carinhosas, e ela apenas ouvia, com os olhos fechados e o coração acelerado.

Vagarosamente, ele deslizou a mão pelo corpo dela, percebendo que não tinha nada por baixo do vestido. *Com certeza ela havia feito isso de propósito,* pensou ele. Suas mãos sentiam o corpo dela, os pelos arrepiados, a respiração ofegante. Seria pela brisa mansa que soprava ou talvez pela emoção daquele momento sublime. Não dava para saber. Tudo era mágico e encantador. Olhando para ela, Ricardo murmurou com a voz rouca:

– Sabrina, como você é linda!

Ela sorriu com os olhos fechados. Ele beijava seus seios, sentindo o bater de seu coração. Escorregou as mãos por entre as coxas dela, percebendo que ela estava molhada de excitação. Sabrina deslizou as mãos pelo peito forte e musculoso dele, encontrando o zíper da bermuda. Abriu, sentindo o quanto ele estava excitado. Ainda com os olhos fechados, ela mordiscava os lábios dele. Ricardo sentia uma sensação de dor intensa, o gosto de sangue na boca, mas isso fazia seu desejo aumentar ainda mais.

Ele rolou por cima dela. Sua bermuda já tinha saído pelas pernas sem que ele percebesse. Seus corpos completamente despidos, uniram-se em desejo e paixão. Ele a penetrou seguidamente, e ela fechou os olhos, deixando-se possuir sem pudor.

O céu cheio de estrelas e a pálida lua que brilhava presenciavam aquele momento. De repente, como que envergonhada, a lua se escondeu detrás de algumas nuvens, deixando os amantes saciarem a fome de amor. Esperavam por isso ansiosamente. Ricardo foi se encaixando e seus movimentos ficaram mais fortes e mais rápidos. A cada vez que ele estocava, ela sentia mais prazer.

Depois de algum tempo, ele rolou mais uma vez, e agora Sabrina dominava a cena. Por cima dele, agia com simetria, fazendo movimentos calculados de subida e descida, sentindo como isso o deixava absolutamente em êxtase. A cada vez que ela se movia, para a frente e para trás, seus seios chegavam perto da boca dele, que os beijavam com sofreguidão.

Ela intensificou os movimentos, enquanto ele fechava os olhos sem conter os gemidos de prazer. Depois de alguns minutos, foram se agarrando, beijando, e os movimentos ficaram frenéticos, até explodirem em transe total. Estrelas cintilaram em seus olhos, os corpos relaxaram, e os dois caíram lado a lado, como guerreiros do amor, saciados em fogo e paixão.

Entreolharam-se demoradamente, trocaram beijos carinhosos, abraçaram-se e fizeram juras de amor. Sabrina pensava como tudo poderia ser perfeito como naquele momento em que eles se entregavam sem cobranças, sem receios e nenhuma dúvida. Apesar daquela magia, ela sabia que as coisas poderiam mudar de repente. Depois de um tempo, o vento começou a soprar forte, e seus corpos ficaram arrepiados com a brisa fria vinda do mar. Sabrina aconchegou-se ainda mais e Ricardo percebeu que ela tremia. Abraçou-a com força e disse:

– Precisamos ir ou você vai se resfriar. Está ficando muito frio e pode chover.

– Você tem razão – disse ela, levantando-se.

Capítulo X

Recolheram a toalha e caminharam abraçados de volta à casa.

No sábado de manhã, foram para a praia em frente ao chalé e receberam Laura e Régis, que chegaram por volta das onze horas. Ele estava alegre e descontraído, e Laura parecia feliz por estarem juntos e rodeados de amigos. Fizeram um churrasco e tomaram cerveja enquanto falavam da viagem, da faculdade e das coisas triviais de cada um. Foi um dia tranquilo e divertido.

No domingo, após o almoço, eles voltaram para São Paulo. Sabrina estava feliz e realizada. A turnê havia sido um sucesso, e os momentos compartilhados com as pessoas que eram importantes para ela completavam sua alegria. Quando chegaram, abriram um vinho, beliscaram umas torradas, e Ricardo foi embora. Sabrina despediu-se dos pais e foi para o quarto. Sobre o criado-mudo, havia um pequeno buquê de flores com um cartão: "Obrigado pelo jantar. Sua companhia foi maravilhosa. Espero poder vê-la novamente. Miguel".

A empregada havia recebido a encomenda no sábado e colocado em seu quarto. Sabrina sentiu um arrepio de medo e, ao mesmo tempo, uma alegria intensa. Não podia incentivar esse contato. Teria que contar a Ricardo sobre Miguel. Ela achava que tudo não tinha passado de um encontro casual, no entanto, ele voltou a procurá-la.

Ela não queria corresponder nenhuma expectativa dele, mas, ao mesmo tempo, algo fazia com que ela se sentisse bem com a atenção, com uma certa satisfação pelo que estava acontecendo. Será que algo estava acordando dentro dela? Será que seu relacionamento com Ricardo não era tão sólido como ela pensava? Por que estava gostando tanto de ter recebido essas flores? E o recado... "Espero poder vê-la novamente". Será que isso fazia sentido?

– Definitivamente não! – disse ela, em voz alta.

Afastou as flores, deixou o bilhete na escrivaninha e foi dormir. Demorou a pegar no sono, mas as lembranças do fim de semana, do carinho de Ricardo, do amor que fizeram, tudo isso a levou para um universo particular de paz e harmonia, abandonando as dúvidas que atormentavam sua mente.

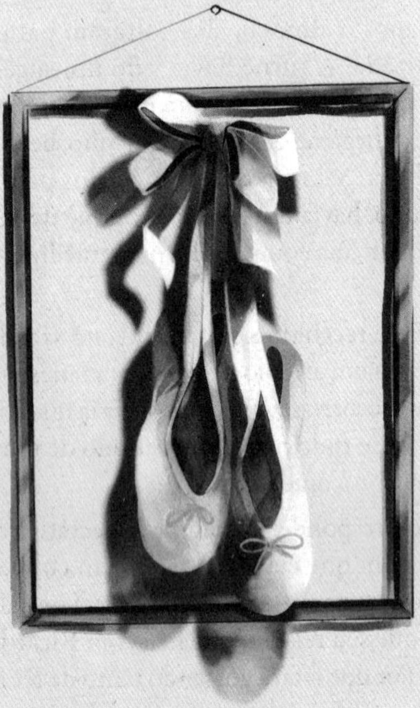

Capítulo XI

Capítulo XI

Um ano e meio depois

Valéria e Sabrina saíram do teatro por volta das cinco horas da tarde. Era o fim de mais um dia de ensaios na companhia de balé, em Paris. Enquanto aguardavam o táxi, Valéria perguntou:

– Quer que eu passe no seu apartamento para te buscar? O jantar com o diretor da companhia está marcado para as oito horas, em um restaurante na Rue de Berri, perto da Champs-Élysées. Parece que é no *hall* de um hotel.

– Se você puder, eu agradeço. Aguardo você em casa – respondeu ela.

– Certinho, então. Às quinze para as oito estarei na sua casa – despediu-se Valéria.

No táxi, a caminho do apartamento, Sabrina recordava os acontecimentos dos últimos dezoito meses. Havia retornado de uma turnê vitoriosa pela América do Sul e fora descansar com a família em Ilha Bela, em um fim de semana inesquecível, rodeada das pessoas que eram importantes para ela. Dedicou os nove meses seguintes a estudar e cumprir o calendário de apresentações da companhia de balé. Nesse ínterim, muitos fatos foram se sobrepondo ao seu cotidiano, levando a mudanças significativas em sua vida.

Ricardo terminou o curso de engenharia aeronáutica e ganhou uma bolsa de estudos para fazer um mestrado em Atlanta, nos Estados Unidos. O período de aulas presencial era de doze meses. Depois disso, teria aulas quinzenais a cada dois meses, com fim previsto para dois anos. Em vez de ficar aborrecida com a ausência dele, ela sentiu um alívio reconfortante. Já estava cansada das brigas por ciúmes, da insegurança e da forma como ele se comportava. O relacionamento outrora alegre e descontraído, cheio de risadas e canções, ficara taciturno e voltado para as conversas triviais de como cada um passara o dia. Sem molho e sem tempero.

Aquele rapaz bonito, delicado e inteligente de repente havia se transformado em uma pessoa desconfiada, cobrando horários e exigindo explicações. Logo com Sabrina, que se dedicava inteiramente à carreira, e como não poderia deixar de ser, à fidelidade no relacionamento. Uma convivência que tinha tudo para ser perfeita estava se perdendo de forma inexorável. Antes da viagem, saíram para jantar, e Ricardo falou:

– Sabrina, estive pensando seriamente nesse tempo que vou ficar longe. Gostaria de saber se você está preparada para assumir um compromisso mais sério. De repente, a gente fica noivo. Ou, quem sabe, até nos casamos e você vai comigo para os Estados Unidos. Já estamos juntos há mais de oito anos. O que você acha? – perguntou ele.

Ela ficou pensativa. Já esperava que ele tocasse nesse assunto, pois algumas vezes tinham ensaiado essa conversa. Contudo ela não tivera interesse em se aprofundar. Estava cada vez mais insegura sobre a solidez de seu amor e sentindo que alguma coisa havia mudado desde que encontrara Miguel, em Santiago. Não havia falado mais com ele, entretanto, não passava uma semana sem lembrar de sua fisionomia, de sua voz e de seu sorriso. Por outro lado, o relacionamento com seu namorado era vertido por insegurança, possessividade e ciúme. Não era o que ela desejava para o resto da vida.

Voltando-se para ele, respondeu:

– Ricardo, não está na hora de uma decisão como essa. Não estamos prontos. Eu não posso deixar minha carreira para te acompanhar, por isso não acho que devemos ficar noivos e muito menos nos casar. Você vai ficar longe por no mínimo um ano. Eu também quero passar um tempo em Paris. Tenho o convite da companhia Corpo de Teatro de Paris para um intercâmbio de três meses. Acho melhor a gente dar um tempo, quem sabe, quando você voltar dos Estados Unidos, conversamos de novo.

Sabrina havia completado 25 anos. Eles namoravam desde que ela tinha dezessete e quase sempre estiveram juntos. Parecia que eles enxergavam a paisagem com os mesmos olhos. Entretanto ela tinha muitas dúvidas sobre casamento. Talvez o medo de assumir a responsabilidade, de ter uma casa, formar uma família, ter filhos. Era o que ela dizia para ele. Na verdade, ela não se sentia preparada.

Ricardo estava com quase 27 anos. Apesar de estar bem empregado, com um excelente curso superior, ele ainda não firmara os alicerces para uma vida familiar tranquila. Precisaria se estruturar primeiro e, mais ainda, amadurecer na sua forma de agir e pensar, era isso que ela pensava. Diante da recusa dela, ele continuou:

– Talvez você esteja insegura, porque não temos uma casa, mas podemos fazer um financiamento e comprar um apartamento – afirmou.

– Não é nada disso, querido. Eu acho que ainda estou muito nova, só isso. Vamos deixar as coisas evoluírem mais. Como disse, quem sabe na sua volta podemos pensar nisso – respondeu ela.

– Você sabe que eu te amo. Vou ficar muito triste longe de você. – ele insistiu.

Capítulo XI

– Eu também te amo. Você sabe disso. Mas acredito que teremos mais chances de que isso aconteça quando você voltar – falou Sabrina, com firmeza.

Ele a fitava com um olhar angustiado. Perguntou, arqueando as sobrancelhas.

– Aquele Miguel não te procurou mais?

Sabrina havia contado para ele do jantar em Santiago, quando encontrara o Miguel, e sobre o encontro casual em Nova Iorque, onde se conheceram, juntamente com sua mãe. Ela disse que ele tinha enviado flores como demonstração de gentileza e que fora muito simpático o tempo todo. Ela notou o quanto Ricardo havia ficado enciumado. Esse assunto tomou boas horas de conversas entre eles, e Ricardo mostrava-se sempre preocupado com novas abordagens de Miguel.

Mas, com o tempo, o assunto caiu no esquecimento. Miguel também não a procurou mais. Deixou dois ou três recados ao telefone, porém, como ela não havia retornado, ele parecia ter desistido. Não entendia por que esse assunto agora. Por fim, respondeu, ofendida:

– Não, Ricardo. Ele não me procurou mais. Se tivesse acontecido, eu teria falado para você.

– Eu não acredito que ela tenha desistido de você! Não posso nem pensar na possibilidade dele te procurar. Sou capaz de matá-lo! – exclamou ele.

– Você não sabe o que está falando! Não diga besteiras, isso não ajuda em nada – respondeu ela.

Mudaram de assunto e foram ao cinema no shopping. Dois meses depois, ele viajou para o curso de mestrado nos Estados Unidos, e ela continuou trabalhando normalmente. Como estava adiando o convite para o intercâmbio em Paris, ela entendeu que havia chegado a hora de aceitar. Viajou algumas semanas depois para iniciar o estágio.

A Ópera de Paris, ou Ópera Garnier, também chamada de Palais Garnier, foi construída a partir de 1861, depois de um concurso para a escolha do melhor projeto, tendo por vencedor um arquiteto desconhecido, chamado Charles Garnier. O edifício era considerado uma das obras-primas da arquitetura do seu tempo. Sabrina foi muito bem recebida pela escola, fez amizade com muitas pessoas do teatro, especialmente com a coordenadora e mentora que estava acompanhando seu estágio. Valéria era bonita, de uma simpatia excepcional. Acabara de assumir a coordenação da escola de balé, e as duas se davam muito bem.

A campainha tocou, e Sabrina abriu a porta. Era Valéria, que passava para buscá-la.

– Vamos, amiga. Está pronta?

– Sim. Entre, tome um copo de água.

– Não, obrigada. Vamos indo.

Desceram e seguiram para o restaurante no carro de Valéria. Chegaram dez minutos depois das oito horas, e o diretor da companhia já estava aguardando, acomodado em uma mesa. Duas outras colegas se sentavam do outro lado, e um rapaz moreno de uns vinte e sete anos conversava com uma delas.

Mais dois casais que ela não conhecia ocupavam as cadeiras ao lado do diretor. Ainda sobravam cinco cadeiras, o que indicava que algumas pessoas ainda chegariam. Elas não sabiam o motivo do jantar, mas ouviram rumores de que alguém estaria interessado em contratar uma turnê, patrocinando o evento.

– *Bonsoir*, Valéria. *Bonsoir*, Sabrina. *Soyez les bienvenues. S'il vous plaît, n'hésitez pas* – cumprimentou o diretor.

– *Merci* – respondeu Valéria.

Sabrina sorriu, agradecendo a gentileza. Sentou-se ao lado de Valéria, e logo o *maître* serviu uma taça de vinho branco.

– *Votre amie est très jolie*, Valéria – disse o diretor.

O diretor tinha um sotaque carregado, comum aos habitantes do norte da França, da região de Calais. Ela agradeceu, sorrindo novamente. Estudara inglês e francês desde pequena e dominava o idioma fluentemente.

– *C'est très gentil monsieur* – disse ela.

– *Je vous en prie* – respondeu ele, sorridente.

Nesse momento, mais três pessoas chegaram à mesa. Os garçons se movimentaram ajeitando as cadeiras, e, de repente, a pessoa que se acomodou ao seu lado, disse:

– Boa noite, bailarina. Que prazer vê-la novamente. Não esperava encontrá-la em um lugar tão especial.

Miguel estava ali ao seu lado, sorridente. O diretor olhou com surpresa:

– Então vocês já se conhecem? – perguntou.

– Sim, nós já nos conhecemos. Cerca de um ano e meio atrás, tive o prazer de encontrá-la em Nova Iorque. Depois, assisti a uma bela apresentação em Santiago – respondeu Miguel.

Capítulo XI

Sabrina sorriu, agradecendo:

– Obrigada.

Ela estava em choque. Jamais poderia imaginar encontrar Miguel naquele restaurante. Aliás, não esperava encontrá-lo em lugar nenhum. Já havia se passado quase um ano do último encontro, e agora, de repente, ele estava ali, ao seu lado. Sorridente e encantador, como sempre. Era realmente inacreditável. O diretor levantou a taça e sugeriu um brinde:

– *Félicitations à tous*!

Brindaram e continuaram conversando. Foi uma noite tensa. Os sentimentos embaralhavam a mente de Sabrina. Às vezes, ela tinha vontade de sair correndo do restaurante e voltar para o Brasil. Ao mesmo tempo, sentia-se energizada com aquele ambiente, a presença de Miguel, as pessoas da companhia de balé. Um tsunami tomava conta de suas sensações, e sua cabeça estava em parafuso.

Girava... girava... girava.

As perguntas vinham incessantemente: *Qual a razão de ele estar ali? Que coincidência era aquela? Ou não seria coincidência? Poderia ser uma coisa tramada pelas pessoas presentes. Mas como?* Ninguém sabia da vida deles, então não havia como planejar aquilo. As pessoas que estavam no restaurante ela havia conhecido ao chegar a Paris. *Em Santiago, ele se organizou para encontrá-la no jantar. Então, poderia ter feito o mesmo agora,* pensou ela. A voz dele a trouxe de volta:

– Você chegou quando, Sabrina?

– Há dois meses – respondeu ela, quase automaticamente.

Ele arqueou as sobrancelhas e perguntou:

– Ficará por quanto tempo?

– Ficarei por mais trinta dias. É o tempo de terminar o intercâmbio que estou fazendo.

– Que ótimo. Tenho negócios em Paris e na região e ficarei pelos próximos quarenta dias. Seria muito bom vê-la novamente – disse ele.

– Hum, não sei.

Sabrina ficou pensativa. *"Espero poder vê-la novamente".* Ele escrevera naquela mensagem com o buquê de flores. Agora estava ali, dizendo a mesma coisa.

– Você está hospedada onde? – perguntou Miguel, olhando para ela.

– Estou em um apartamento no Distrito 7. É pequeno, mas é o bastante para o que eu preciso.

Ela não entendeu porque estava dando tantas explicações. Sentia-se realmente confusa.

– Deixe-me seu telefone, que entrarei em contato. Quem sabe poderemos sair para jantar ou coisa assim? – disse Miguel.

– Está bem – respondeu ela.

Sabrina anotou o número do telefone e entregou para ele. Durante o jantar, Miguel falou com o diretor sobre a contratação da companhia para uma turnê que ele estaria patrocinando, juntamente com um promotor de eventos em Paris. Discutiram datas, valores e deixaram as tratativas formais para a equipe de Miguel: um advogado, uma assistente e uma pessoa da produção. Eles combinariam os detalhes com o pessoal da companhia. Trocaram telefones e marcaram de se encontrar um outro dia, para detalhar os pormenores.

À certa altura da noite, Miguel virou-se para Sabrina e comentou:

– Já percebi que você está querendo ir embora.

– Hum, parece que está na hora mesmo! – respondeu ela, olhando para o relógio.

As pessoas estavam muito animadas. Bebiam, comiam e a conversa fluía satisfatoriamente. Como a maioria já se conhecia, o clima era amistoso e descontraído. Para Sabrina, entretanto, que não conhecia quase ninguém, a conversa ficava um tanto quanto restrita à Valéria e, de vez em quando, uma tirada meio sem graça do diretor da companhia.

E lá estava Miguel, com sua presença nada menos que impactante. Não tinha como não ficar impressionada com esse encontro inusitado. *Por que ele estaria ali? O que seria essa incrível coincidência? Ou não seria uma casualidade, mas alguma coisa premeditada?* De repente, seus devaneios foram interrompidos quando ele perguntou:

– Posso levá-la em casa? Meu carro está no estacionamento do hotel. Vou pedir para trazer.

Sabrina ficou meio desconsertada e respondeu:

– Eu vim com a Valéria.

Ele virou-se para Valéria e perguntou:

– Tem algum problema se eu levar Sabrina para casa?

Capítulo XI

— Não, claro que não. Tudo bem por mim se ela estiver de acordo – respondeu.
— Então, está resolvido. Nós estamos indo. Boa noite a todos, até amanhã.
— Levantou-se, sem dar tempo para Sabrina se opor ou concordar.

Ela despediu-se da amiga, acenou aos demais e o acompanhou. Sentia-se confusa, porque não entendia o que estava se passando. Estava indo para casa com Miguel e nem sabia por que ele estava ali. Era uma situação muito estranha. Ela tinha uma vontade imensa de dizer não ao convite dele, porém gostava das emoções que estava vivendo.

A presença forte e envolvente de Miguel, a segurança dele em conduzir as conversas com as pessoas, tudo isso a deixava bastante animada, como se estivesse ligada a uma energia forte e positiva. Pensou em Ricardo, em seus pais. *Como isso podia estar acontecendo? Mas o que mesmo estava sucedendo?*, pensava ela. Nada do que estava fazendo era errado. Miguel tinha aparecido de repente, ela nem sabia da presença dele em Paris. E agora, levava-a para casa. Mas por que então tinha essa sensação de que havia algo errado? Estava absorta em pensamentos, quando ele disse:

— Chegamos!

Ele parou o carro ao lado da calçada. Ela nem se dera conta do tempo transcorrido entre o restaurante e sua casa. Miguel falava o tempo todo, e ela respondia automaticamente, sem prestar muita atenção naquilo que estava dizendo. Na maioria das vezes, apenas sorria ou acenava afirmativamente com a cabeça.

— Ora, nem percebi que tínhamos chegado. Obrigada pela carona.
— Posso vir buscá-la amanhã para jantar? – perguntou ele.
— Me ligue amanhã, por volta das sete horas. Pode ser? – respondeu ela.

Ele fechou a porta do carro, esticou o pescoço para fora e disse:

— Sem problemas. Eu te ligo às dezenove horas.

Sabrina subiu para o apartamento, e sua mente se perdeu em um labirinto de conjecturas. Por que Miguel estaria ali, negociando uma série de apresentações de uma companhia tão importante e tão requisitada? Qual era a real intenção dele nesse projeto? E por que aparecera assim tão de repente? Tudo isso martelava sua mente, quando abriu a porta do apartamento e o telefone tocou.

— Alô, meu amor! Estava com tanta saudade de você! – disse ela, ao atender o telefonema de Ricardo.

– Eu também estou com muita saudade. Liguei algumas vezes, mas não atendia. Pensei que você tivesse saído – disse ele, apreensivo.

– É verdade. Fui jantar com o pessoal do conservatório. O diretor estava tratando de algumas apresentações da companhia e nos convidou – respondeu ela.

Ela evitou falar sobre a presença de Miguel. Ricardo não iria entender como aquilo tinha acontecido. Preferiu deixar para falar com ele em um momento mais adequado.

– Hoje tive aula o dia inteiro. Fizemos uma visita em um centro tecnológico que fica nos arredores da cidade. Foi muito proveitoso – disse ele, contando as novidades.

– Que ótimo, meu amor. Isso é muito importante para sua carreira. Fico feliz que as coisas estejam indo bem – disse ela.

– E seu intercâmbio, como está? – perguntou ele.

– Estou me saindo bem, eu acho! Conheci uma moça muito bacana aqui. Ela se chama Valéria e me lembra a Laura. Nós nos identificamos à primeira vista. Muito carinhosa, ela sempre dedica uma atenção especial e ensina de forma tranquila, sem muita pressão.

Ela contava as coisas para o namorado e nem se lembrava mais do episódio de pouco antes.

– Excelente. É ótimo você estar gostando das coisas por aí, e conhecendo pessoas bacanas – assentiu ele.

– Realmente estou muito feliz – concordou.

Conversaram mais um pouco e depois de se atualizarem sobre tudo que pensavam e sentiam um pelo outro, despediram-se.

– Boa noite, amor, durma bem e fique com Deus. Não se esqueça de suas orações, agradecendo sempre por tudo de bom que é a nossa vida – disse Sabrina.

– Não se preocupe, agradeço todos os dias por você e por tudo que tenho. Boa noite e durma bem – respondeu ele.

Sabrina ficou surpresa. Pela primeira vez em muitos dias, Ricardo não a questionara sobre o que ela tinha feito. Não havia demonstrado nenhum resquício de insegurança ou ciúme. *Como seria bom se todos os dias fossem assim,* pensou ela. Logo agora que Miguel aparecia pela terceira vez em sua vida, seu namorado se comportava da forma que ela sempre sonhara.

Capítulo XII

Capítulo XII

Enquanto se preparava para dormir, Sabrina remoía os acontecimentos do restaurante. A presença de Miguel, assim, de repente, era uma coisa que a intrigava, e ela não conseguia entender. Deveria aceitar o convite para jantar? Ou quem sabe seria melhor recusar e encerrar logo essa aproximação? Ricardo, sendo tão carinhoso e compreensivo, era um sinal verdadeiro de mudança, ou apenas um momento de pouca tensão emocional? Aceitar esse jantar estaria colocando em risco suas convicções sobre seu relacionamento, ou apenas ampliando seus horizontes e possibilidades? Muitas perguntas, poucas respostas! *Miguel é um amor de pessoa,* pensou. Por mais que quisesse recusar e não permitir que ele se aproximasse, sentia-se atraída por esse desconhecido. Sabia do interesse dele desde que se conheceram. Mas por que ele estaria ali? Teria sido uma coincidência? Não tinha como saber. Adormeceu e, na manhã seguinte, foi para o centro de treinamento da companhia. Procurou não pensar em nada, concentrando-se naquilo que era mais importante: seu aprendizado.

Na hora do almoço, Valéria não deixou passar em branco. Com uma pitada de malícia na voz, disse:

— E o rapaz do restaurante, Sabrina? Muito bonito e educado. Ficou o tempo todo conversando com você.

— Eu o conheci em Nova Iorque, depois o encontrei casualmente em uma turnê que a companhia fez pela América do Sul. Não aconteceu nada demais. Eu nem sabia que ele estava aqui.

— Percebi que ele se interessou por você. Durante o jantar, ele a olhava como se visse uma miragem.

Sabrina respondeu, meio sem graça:

— Eu não percebi. Deve ter sido impressão sua.

Ela não estava se sentindo confortável com a conversa. Procurou mudar de assunto, falando sobre os treinos da manhã, sobre a gastronomia francesa e outras coisas. Na certa Valéria entendeu, pois não insistiu. Terminaram de almoçar e voltaram para a companhia. No fim da tarde, chegou ao apartamento, tomou um banho, e escovava o cabelo quando o telefone tocou. Olhou no relógio e faltavam dez minutos para as sete horas.

— Olá, Sabrina, tudo bem? Você pode falar? — era Miguel do outro lado da linha.

Sabrina sentiu um arrepio por todo o corpo. Como poderia ter essas sensações se amava Ricardo? Se não estava fazendo nada de errado? Não conseguia entender. Será que alguma coisa estava acontecendo com ela? Um sentimento novo poderia estar nascendo? "Eu amo o Ricardo!", ela repetia o tempo todo para si mesma, como para se justificar.

– Oi, Miguel, tudo bem sim – respondeu meio sem jeito.

– Então, posso passar aí para pegá-la? Reservei uma mesa em um restaurante bastante charmoso. Tem um cardápio excelente. Acredito que você vai gostar – disse ele, animado.

– Não sei se vai ser possível, estou um pouco cansada – respondeu ela, tentando evitar aquele jantar.

– Não se preocupe, não ficaremos até tarde. Dou minha palavra de escoteiro. Não aceito desculpas! – disse ele.

Sabrina ficou em silêncio por um instante, pensando no que fazer. Não achava certo continuar com essa aproximação com Miguel e, ao mesmo tempo, sentia-se atraída pelo desejo de conhecer mais sobre ele, a razão de ele estar em Paris e, principalmente, daquele jantar. *Não iria acontecer nada demais,* pensou. *É apenas um jantar.*

– Então, posso passar aí daqui a pouco? – perguntou ele, novamente.

– Sim. Mas não posso demorar muito – disse ela, já limitando uma janela de tempo.

O restaurante era realmente charmoso. Uma fachada discreta, em tons de cinza, mesas simetricamente colocadas de forma a preservar a privacidade dos clientes. A iluminação indireta deixava o ambiente muito aconchegante. A decoração remetia ao período da década de 1950, com papéis de parede retrô. Fotos de artistas de cinema como Gèrard Depardieu, Catherine Deneuve, Alain Delon e uma gravura em preto e branco de Henri Salvador, um famoso cantor nascido na década de 1917. No fundo, uma caricatura um tanto quanto original de Jean-Luc-Godard, com os óculos fundo de garrafa característicos e um cigarro pendendo nos lábios. Uma pequena abóboda com um lustre de cristal descia candidamente na parte central do salão. Tudo era muito original e adequado. Enquanto bebericava a taça de vinho, Miguel perguntou:

– Então, como é ser bailarina?

Ela ficou em dúvida sobre como responder. Ninguém nunca havia perguntado sobre sua profissão dessa forma. Por fim, disse:

Capítulo XII

– Bem, como posso dizer... Na minha opinião, ser bailarina é uma missão. Talvez seja a mistura de um quartel e um mosteiro. Você precisa de uma disciplina muita dura para cumprir e um recolhimento quase absoluto para seguir. Qualquer descuido pode colocar a perder tudo o que você construiu ao longo da vida.

Ele assentiu e observou:

– Mas não deixa de ser uma profissão invejável. Deve ser difícil dominar todos aqueles passos, aquelas coreografias que vocês fazem, a simetria dos movimentos.

Sabrina sorriu, como se imaginasse os passos de dança:

– Realmente, é muito lindo. Mas talvez seja um esforço desproporcional para o resultado alcançado. Existe um sacrifício muito grande que impacta todo o sistema motor dos artistas. Nós sentimos dores terríveis. Às vezes, adquirimos sequelas que nos acompanham para o resto da vida.

Ele estava impressionado com as palavras dela:

– Imagino como deve ser doloroso. Já ouvi histórias de dançarinas que tiveram grandes traumas, com sequelas permanentes que chegaram a interromper a carreira delas para sempre.

Sabrina explicou, enquanto provava mais um gole do vinho:

– Para uma bailarina atingir um grau de perfeição adequado a uma profissional de primeira linha, tem que começar muito cedo, e toda essa carga de treinamento afeta os pés, as articulações, e, às vezes, até o sistema nervoso central. Por isso é necessário muito cuidado com o corpo, com a alimentação, com a flexibilidade. Todo o contexto da profissão se resume à disciplina e concentração – arrematou ela.

Saboreavam a comida, que estava perfeita, enquanto Miguel olhava para ela fixamente. Seus olhos transmitiam uma energia muito forte. Desde a primeira vez que o encontrara, ela já sentira essa força em seu olhar. Na verdade, parecia que os olhos dele sorriam a cada vez que a fitavam. Desviou o olhar e perguntou:

– E você, o que faz? Anteriormente falou de comércio exterior, exportação de carnes, mas agora está falando de espetáculo de dança. Não entendi direito como isso se conecta – disse Sabrina, curiosa.

Ele sorriu e respondeu:

— Como eu te falei brevemente em Santiago, minha família tem negócios na área de proteína animal. Exportação de carne bovina e derivados. A sede fica em São Paulo e temos alguns escritórios em cidades estratégicas, como Barcelona, Dubai e Chicago. Eu cuido da área de *Trade Market* da companhia, por isso estou sempre viajando para atender aos clientes.

Ela insistiu, curiosa:

— E esse negócio de patrocinar os espetáculos? Onde isso se encaixa dentro de sua atividade?

Miguel entendeu que deveria ser mais claro. Precisava explicar para ela o que o levara a tratar das apresentações da companhia.

— Eu tenho um amigo, aqui em Paris, que tem uma empresa de produções e trabalha com grandes espetáculos. Ele me propôs uma parceria para produzir uma turnê de dança desta companhia. Depois de avaliar, eu achei que poderia ser interessante patrocinar o evento. Eu sou apaixonado por balé, principalmente dança contemporânea. Como ele é um amigo e, acima de tudo competente, considerei uma boa oportunidade de investimento. Acredito que o retorno será satisfatório – explicou.

Para Sabrina, a resposta ainda não estava completa. Faltava uma ponta naquilo tudo. Por isso, insistiu:

— Bem, gostar de balé não é o suficiente para alguém investir em algo tão diferente do seu negócio.

Miguel resolveu se abrir completamente, caso contrário poderia estragar tudo. Medindo as palavras, ele disse:

— Na verdade, esse assunto me interessou pela ligação que essa atividade tem com você. Gostaria de lhe propor uma parceria. Tenho acompanhado a evolução de sua carreira e, quando surgiu essa oportunidade, pensei que poderíamos fazer isso juntos. Ter uma pessoa conhecida, e que entende do espetáculo dentro do projeto, faz todo sentido.

Sabrina ficou surpresa, sem saber o que responder:

— Como assim, fazermos isso juntos? Não consigo entender onde eu me encaixo – disse ela.

Miguel explicou:

— Quando assisti à sua performance em Santiago, eu fiquei impressionado com sua apresentação. É claro que a direção era muito boa, aliás, conheço o

Capítulo XII

Pierre Berny há muito tempo. Então, quando o meu amigo produtor me convidou, eu pensei: *por que não?* Mas, para isso, gostaria de ter uma pessoa especial nesse elenco... você! Pode ser uma boa oportunidade para se destacar em uma companhia internacional como também de ganhar um bom dinheiro.

Ela estava bastante confusa:

– Até entendo seu ponto de vista, mas não vejo sentido nisso tudo. Estou aqui fazendo intercâmbio, não pertenço a esse corpo de balé. Nem sei se eles aceitariam minha participação – retrucou ela.

Ele respondeu, tentando dar-lhe segurança sobre o que falava:

– Eu sei, por isso marquei aquele jantar. Quando falei com o produtor sobre você, ele me sugeriu propor essa opção ao diretor, onde você pudesse participar em todas as apresentações como bailarina convidada. Para a companhia, seria uma jogada de marketing, pois você é reconhecida pelo seu talento em todo o circuito do balé mundial.

Sabrina ouvia os argumentos dele e considerava a história meio fantasiosa. Será que ele a estava manipulando para conseguir uma aproximação? Como achava que ela iria se sentir caso isso fosse verdade? Mas por que ele precisaria fazer isso? Para agradá-la? Não fazia sentido. Ele nem sabia se ela aceitaria participar dessa montagem. Miguel pareceu ter lido seus pensamentos, pois logo acrescentou:

– Sabrina, não fique chateada. Não fechei nada ainda nem estou querendo forçar uma decisão sua. Tudo está encaminhado, mas estou falando com você primeiro. Só fecharemos os contratos se você concordar e achar que vale a pena. Além de estar presente em todas as apresentações, você poderá ganhar um bom dinheiro, pois a bilheteria será participativa, incluindo os membros do corpo de balé. Foi uma exigência minha. Quero prestigiar todos os participantes – explicou Miguel, esperando que ela entendesse.

Ela estava realmente confusa. Respondeu, sem muita convicção:

– Não faço nem ideia de como seria essa participação. E fica mais difícil, pois não conheço o pessoal daqui. Também tenho minhas responsabilidades com a companhia em São Paulo. Enfim, é tudo muito novo para mim.

Percebendo que ela já avaliava uma possibilidade de participar, ele insistiu:

– Ora, mas isso não vai afetar sua carreira. Talvez seja uma oportunidade para você se firmar ainda mais dentro da sua própria companhia. E ainda conhecer pessoas e outras tendências dentro do balé. Acredito sinceramente que tudo pode agregar.

Ela ficou pensativa. Então afirmou:

– Não sei. Como disse, é algo novo para mim. Não sei...

Ele sabia que o impacto da proposta havia sido forte, então não deveria insistir mais, e sim aguardar que ela digerisse tudo com calma, para depois decidir. Então, sugeriu:

– Eu gostaria que você pensasse na possibilidade. Tenho três dias para resolver. Não precisa dar a resposta agora. Pense com carinho e depois me responda.

– Está certo, vou pensar no assunto. Porém, acho muito difícil concordar com isso – respondeu.

Ele finalizou:

– Muito bem. Vou aguardar sua avaliação. Espero que possamos chegar a um acordo.

Mudaram de assunto e começaram a falar sobre outras coisas. Ele falou um pouco mais sobre seu trabalho, sobre a família e acerca de seus gostos preferidos. Sabrina ficou sabendo que ele já tinha sido casado e que se divorciara cinco anos depois, sem que tivesse filhos. Contou ainda que jogava polo e que até havia participado de competições oficiais representando o Brasil, porém, atualmente, era apenas um hobby. Sabrina contou dos pais, da infância em Patos de Minas, sua paixão pelo balé, que vinha desde criança, e falou também de Ricardo. Sem perceber, as horas passaram com muita rapidez. Quando ela olhou o relógio, já passava da meia-noite.

– Meu Deus, como é tarde. Acabamos nos entretendo e nem vi a hora passar. Podemos ir para casa? – perguntou, com olhar suplicante.

– Claro que sim, peço desculpas, mas o papo estava tão bom que também me perdi no horário – respondeu ele.

– Não tem problema, mas realmente precisamos ir. Amanhã tenho aula o dia todo e preciso estar em forma – disse ela.

Ele sorriu, balançou a cabeça concordando, e falou:

– Não se esqueça de que preciso de sua resposta, se possível, positiva, dentro de três dias.

– Está bem. Vou pensar com carinho – prometeu ela.

Capítulo XIII

Capítulo XIII

Sabrina adormeceu, pensando em tudo o que tinha acontecido desde que chegara a Paris. Seu compromisso inicial era de noventa dias de intercâmbio com a escola, para aperfeiçoamento e aprendizado. Entretanto, as coisas estavam tomando um rumo totalmente diferente. Miguel aparecera do nada, bagunçando sua cabeça e seus sentimentos. Como se não bastasse, ainda havia o convite para a participação inusitada em uma turnê que aconteceria em Paris, com outra companhia de dança. Tudo muito confuso e desafiador. Como seus pais iriam entender isso? Como falar com Ricardo sobre essas novidades? Eram muitas coisas acontecendo. Na manhã seguinte, ligou para Laura e conversaram sobre o assunto:

– Não sei o que se passa na cabeça dele, mas acho que ele está fazendo tudo isso para se aproximar de mim. Não tem outro motivo.

– Amiga, está na cara que ele quer te conquistar. Mas, pelo que você disse, tem uma jogada comercial aí. Ele está pensando em ganhar dinheiro com o espetáculo, e essa ideia de dar participação ao elenco é superinteressante. A propósito, ele está te assediando? – perguntou ela.

– De forma alguma! Ele é sempre muito educado. Um perfeito cavalheiro. Disse que tem acompanhado minha carreira e que está propondo esse negócio com uma única condição: a de que eu participe. Até porque, segundo ele, quer alguém de confiança no elenco do espetáculo.

– Pensando bem, isso demonstra claramente o interesse dele. Por outro lado, essas participações de bailarinas convidadas são até bem comuns em certas montagens. Agora, fazer isso por sua causa... a coisa deve ser mais séria do que parece – disse Laura.

Sabrina estava bastante insegura:

– Eu penso da mesma forma. Realmente parece um negócio sem pé nem cabeça, mas é real. Vai acontecer. Só não sei como vou explicar isso para o Ricardo. Ele não vai entender.

– Ora, mas se você está pensando em como explicar, é porque está decidida a participar.

– Confesso que estou dividida. Essa atuação me deixa muito animada. Penso que será bacana, mas você pode imaginar como eu me sinto? – perguntou ela.

Laura entendia a pressão que Sabrina estava sofrendo. Para descontrair, perguntou maliciosamente:

– E o Miguel? Ele te anima também?

Sabrina respondeu, meio sem graça:

– Não posso negar que ele mexe comigo, literalmente, dos pés à cabeça. Ele é muito envolvente e tem uma coisa que me deixa totalmente insegura. Seu jeito de falar, seu olhar penetrante, é como se me devorasse. Desculpe, estou falando besteira. Meu Deus, onde estou com a cabeça?

Laura soltou uma risadinha de cumplicidade, respondendo:

– Ora, não se preocupe, eu entendo o que você está falando. Você namora o Ricardo desde a adolescência. Agora que aparece alguém diferente, interessante, isso balançou sua estrutura.

Sabrina respondeu, como se falasse consigo mesma:

– É, mas eu não pretendo ter nada com o Miguel, até porque eu amo o Ricardo. Isso não tem sentido, você me entende?

– Se não tivesse sentido, nós nem estaríamos falando sobre isso. Mas independentemente de qualquer coisa, acho que você deve aceitar o convite. Vai ser bom para a sua carreira.

– Vou pensar nisso. Obrigada por tudo. Você é um tesouro – agradeceu.

Foi um dia tenso e ao mesmo tempo bastante proveitoso. Sabrina comentou com Valéria sobre o convite de Miguel, e a amiga considerou uma boa oportunidade. Ela se envolveria na montagem de um espetáculo diferente. Disse que Sabrina seria muito bem-vinda na companhia e deu o maior incentivo.

No fim da tarde, quando chegou em casa, encontrou um buquê de flores e um cartão: "Obrigado pela maravilhosa noite que me proporcionou. Você é uma princesa. Miguel".

Ela colocou as flores em um pequeno vaso e releu a mensagem por diversas vezes. Por que sentia prazer em tudo isso? Estaria gostando dele? E quanto ao Ricardo? Como isso poderia estar acontecendo?

Tomou um banho reconfortante, comeu alguma coisa que tinha na geladeira e pegou um livro para ler. Não ligou para Ricardo. Ele também não telefonou. *Deve estar ocupado com alguma tarefa,* pensou ela. Miguel também não telefonou naquela noite. Ela falou com sua mãe, contou das atividades na companhia de balé, mas não quis falar de Miguel nem do convite que tinha recebido.

Capítulo XIII

Achava prematuro falar tudo por telefone. Uma vez que comentasse com seu pai, tinha alguma chance de Ricardo ficar sabendo do jeito errado. Serviria apenas para estressar todo mundo. Ela estava analisando e, se as coisas evoluíssem, falaria da forma correta. Adormeceu e na manhã seguinte era sábado. Estava de folga, então poderia descansar e cuidar um pouco de si mesma.

O telefone tocou por volta das nove horas. A voz de Miguel do outro lado da linha era cativante e divertida:

– Olá, Sabrina, bom dia! Espero não estar incomodando.

– Bom dia, Miguel. É claro que não está incomodando – respondeu.

– Pensei em convidá-la para um passeio pelo Rio Sena. Visitar a Torre Eiffel, depois almoçar em algum restaurante que você queira. Programa de turista! – disse ele, animado.

– Nossa, nem tinha pensado em sair hoje. Estava aqui curtindo a preguiça – respondeu ela.

– Posso passar às onze horas? – perguntou ele.

– Sim, pode passar. Vou tomar um banho e me vestir. Como está a temperatura? – perguntou.

– Está muito agradável. Agora está marcando onze graus, mas tende a esquentar um pouquinho. Melhor colocar uma roupa mais confortável – aconselhou ele.

– Está certo. Vou cuidar aqui, então. Daqui a pouco estarei pronta – respondeu.

Foi um dia encantador. Miguel sabia realmente como tornar um programa especial. Subiram na Torre Eiffel, e Sabrina ficou encantada com a vista deslumbrante de Paris. Ela ainda não tinha feito esse passeio. Curtiram o circuito da balsa pelo Rio Sena e almoçaram em um restaurante perto da Basílica de Sacré-Coeur. Quando estavam saboreando o café, uma cliente que saía do restaurante esbarrou na cadeira de Sabrina, fazendo com que o café derramasse sobre o forro. Por sorte, não queimou sua mão. O motivo do esbarrão foi o cãozinho da raça Yorkshire que ela carregava nos braços. Um garçom deixou um prato escapar das mãos, e o barulho assustou o bichinho. A cliente pediu desculpas e se afastou, deixando Sabrina impressionada:

– Nossa, que cachorrinho lindo! Eu tive um desses quando morava em Patos, mas ele adoeceu e tivemos que sacrificá-lo. Foi muito triste e nunca mais tive coragem de adotar outro animal.

– Se você gosta tanto, deveria superar o trauma. Outro cãozinho vai acabar trazendo muita alegria – disse Miguel.

– Quem sabe um dia eu animo e adoto um fofinho desses novamente... – respondeu ela.

No meio da tarde, sentaram-se para tomar outro café em uma charmosa cafeteria perto da Galeries Lafayette e, quando Miguel a deixou em casa, Sabrina estava exausta, mas completamente recompensada. Tinha sido um dia realmente incrível. Ao se despedirem, ele segurou as mãos dela, olhando fixamente em seus olhos, e disse:

– Espero que tenha gostado do passeio.

Ela sorriu e respondeu:

– Foi realmente fantástico. Adorei.

– Podemos repetir outras vezes se você quiser. Sua companhia é maravilhosa – afirmou ele, sorrindo.

– Pode ser, vamos combinar – concordou ela.

Miguel se aproximou um pouco mais. O sangue de Sabrina gelou nas veias. Uma dúvida atroz invadiu sua mente: deveria se afastar dele ou ficava quieta onde estava? Devagarinho, ele beijou seu rosto, e ela estremeceu. Ele deslizou o rosto para frente, roçou seus lábios nos dela carinhosamente, afastando-se em seguida. Sabrina não teve reação. Ele soltou suas mãos, afastou-se um pouco e se despediu, sorrindo.

– Telefono para você depois. Tenha uma boa-noite, e obrigado pela companhia.

– Boa noite para você também – respondeu ela, quase sussurrando.

Ela abriu a porta do apartamento e entrou. Jogou-se na cama de bruços e começou a chorar. Alguma coisa nova e muito forte estava acontecendo com ela, e sua cabeça girava. Ficou assim por um bom tempo até que o telefone tocou. Atendeu, e a voz de Ricardo do outro lado da linha soou estranha.

– Boa noite. Eu te liguei várias vezes durante o dia. Onde você estava? – perguntou ele, abruptamente.

Capítulo XIII

— Boa noite. Eu saí para dar umas voltas. Está tudo bem com você? – respondeu ela, meio sem jeito.

— Claro que não estou bem. Essa parece ser a viagem do fim do mundo... Você nunca está em casa! Não sei com quem você sai, para onde vai. Isso não pode continuar. Você precisa voltar para o Brasil – falou ele.

— Você não está falando coisa com coisa, Ricardo. Voltar para o Brasil, não sabe onde estou... Parece que você bebeu! O que está acontecendo? – perguntou ela.

— Na verdade, eu bebi mesmo! Não aguento mais essa ausência sua. Estou a ponto de fazer uma loucura. Cheguei a pensar em ir te encontrar. Você precisa voltar para casa e aguardar o meu retorno. Não quero mais que você fique sozinha aí.

— Olha, me desculpe, mas assim não dá para conversar. Nada do que você está me dizendo faz sentido. O tempo que temos para nos falar você inventa coisas e quer discutir. Isso está passando dos limites. Já não suporto mais!

— Você tem razão. Eu também não suporto mais! Acho que você não gosta mais de mim e por isso faz essas viagens que não acabam mais.

— Ricardo, eu vou desligar. Não tenho paciência para ficar discutindo por telefone. Eu não mereço isso!

Ele quis responder, mas ela desligou o telefone. Estava muito chateada. Desde que começaram a namorar, ela dedicava-se inteiramente a ele. Perdoara todas as indelicadezas, desconfianças e grosserias, sempre na expectativa e na crença de que ele melhorasse. Às vezes conversava com sua mãe tentando entender o que a levava a aceitar essas desculpas e sempre esquecer a maneira que ele se comportava. Sabrina estava convicta de que era porque o amava! Mas isso estava mudando. Ela já não tolerava mais aquele martírio. Talvez porque finalmente entendeu que não adiantava insistir, ou, quem sabe, estava descobrindo um novo sentimento, um horizonte diferente, que fazia seu coração palpitar com mais força.

Ela ainda se culpava por estar se envolvendo com outra pessoa, mesmo que nada demais tivesse acontecido. Miguel a deixava totalmente sem chão com sua presença. Era uma sensação que não sabia como explicar. E o pior era que, no momento em que ela mais precisava, Ricardo a fragilizava ainda mais. Ligou para sua mãe, demonstrando toda a insatisfação que sentia:

– Não consigo mais aguentar as cobranças do Ricardo. Ele chegou a ameaçar vir a Paris para saber o que eu estou fazendo. Não tem cabimento o comportamento dele, mamãe. Acredita que ele sugeriu que eu voltasse para o Brasil, sem terminar o estágio, apenas para ficar em casa?

– Você precisa se acalmar, Sabrina. Seu namorado é muito ciumento, deve estar sentindo sua falta. Não o julgue com tanta severidade. Às vezes, as pessoas falam as coisas sem pensar – aconselhou ela.

– Isso já ficou cansativo. Eu acho que não temos como continuar. Ele não confia em mim, então não vale a pena! – desabafou Sabrina.

– Eu entendo você, querida, e estou do seu lado. Só pense com cuidado, para não se deixar levar pela emoção.

– Obrigada, mamãe. Desculpe esse desabafo, mas eu precisava falar com você – disse ela.

– Imagine, minha querida! Estou aqui para te apoiar. E como estão seus pés? Está se cuidando? As dores melhoraram? – perguntou Renata.

– Sim, estou tentando me cuidar. Mas as dores estão ficando cada vez mais fortes. Quando chego em casa, meus pés estão inchados e doloridos.

– Vá procurar um médico. Não deixe isso piorar, senão fica mais difícil a recuperação.

– As meninas da companhia todas têm essa tal de joanete. Trata-se de algo comum, mas que tem de ser cuidado, senão inflama e piora muito, atrapalhando toda a coordenação – explicou ela.

– Nossa, que chato, filha. Não há de ser nada grave – disse ela.

– Eu vou tomar providências. Pode ter certeza.

– Boa noite, minha filha. Fique em paz, estamos morrendo de saudade, a casa fica vazia sem você.

– Boa noite, mamãe. Um grande beijo para você e para o papai. Também morro de saudade de vocês, logo eu estarei de volta – respondeu ela, desligando.

No dia seguinte, assim que encerrou o expediente no conservatório, Sabrina saiu com Valéria para tomarem um chocolate e conversarem um pouco. Novamente, trocaram impressões sobre os acontecimentos e falaram sobre a turnê da companhia, que seria patrocinada por Miguel. Valéria continuava incentivando que Sabrina participasse do espetáculo. Ela acabou

Capítulo XIII

se convencendo que seria importante, então resolveu que falaria com sua mãe mais tarde. Ainda não sabia como abordar o assunto com Ricardo, principalmente depois da conversa tumultuada da noite anterior.

Quando voltou para casa, já passava das nove horas da noite. Será que Miguel tinha ligado? Lembrava da despedida mais cedo. Aquele roçar de lábios, aquele toque nas mãos... Ela não teve capacidade de reagir! No fundo, tinha gostado, mas a consciência ficou pesada com relação a Ricardo. *E se Miguel avançasse mais? E se ele fosse mais persuasivo?* Ela não poderia permitir tal coisa. Na manhã do dia seguinte, Miguel ligou antes que ela saísse para o centro de treinamento. Ao atender, sentiu uma alegria incontida.

– Bom dia, senhorita bailarina. Ontem à noite liguei para você, o telefone tocou e ninguém atendeu.

– Eu tinha saído com a Valéria para conversar. Fomos tomar um chocolate e trocar ideias – respondeu ela.

– Então, você pensou na minha proposta? Posso seguir em frente com o contrato? – perguntou ele, ansioso.

– Sim, pensei. E acho que vou aceitar. Valéria acredita que serei bem recebida pela companhia, e Laura, minha tutora no Brasil, também concorda. Quando serão as apresentações? – perguntou.

– Serão quatro apresentações, uma por semana, na sexta ou no sábado, ainda ficaram de decidir. Tudo em um único mês. Está previsto para acontecer daqui a quatro meses, para que a companhia possa preparar o espetáculo. O detalhamento será feito após eu dar o consentimento – respondeu Miguel.

– Ah, sim. Então teremos tempo de nos preparar, e já terei retornado ao Brasil, com o término do intercâmbio. Para mim isso é importante – respondeu Sabrina.

– Ótimo. Vou fechar o contrato e depois falaremos dos detalhes – disse Miguel, demonstrando satisfação.

– Tudo bem, agora vou para a aula – respondeu ela.

– Esta semana eu vou viajar, mas retornarei na sexta-feira. Quando voltar, procuro você para conversarmos – disse Miguel.

Despediram-se, e Sabrina já não tinha controle de seus sentimentos. A simples menção de Miguel dizendo que passaria uma semana fora deixou-a insegura. Ao mesmo tempo, seus pensamentos voaram até Ricardo. Ela não sabia direito que decisão tomar. Precisava evitar encontrar-se com Miguel. No entanto, cada dia estava mais envolvida. Precisava conversar com Ricardo, porém, ela não sabia como fazer isso. E ainda tinha sua mãe, com quem precisava conversar, o mais breve possível.

Envolta em pensamentos, seguiu para a companhia de balé. Esperava que as coisas se resolvessem de alguma forma.

Capítulo XIV

Capítulo XIV

A semana passou voando. Sabrina dedicou-se às aulas e procurou se concentrar naquilo que aprendia. Falou com sua mãe sobre o convite para estrelar um espetáculo em Paris como bailarina convidada, sem entrar em detalhes da participação de Miguel no processo. Comentou com Ricardo que tinha sido convidada para essa performance de um mês, omitindo a parte que tanto a incomodava. Essa postura de dubiedade com relação aos sentimentos que tinha (e agora com atitudes concretas, como participar desse espetáculo) só aumentava seu sofrimento. Precisava resolver esse impasse o quanto antes. Deixar o tempo passar só aumentaria o tamanho do problema. Quando Miguel voltou na sexta-feira, telefonou convidando-a para assistirem a uma peça de teatro e depois ir a um jantar. Ela não teve dúvida e aceitou com prazer. Durante o espetáculo, ele entrelaçou sua mão com a dela. Ela não ofereceu resistência.

No jantar, conversaram sobre muitas coisas e, cada vez mais, achavam excelente a companhia um do outro. No trajeto de volta para casa, quase não se falaram. Ele segurava sua mão, enquanto dirigia o carro. Parou rente à calçada, acompanhou-a até a porta e, olhando fixamente em seus olhos, disse:

– Brina, não consigo mais suportar. Estou completamente apaixonado, e quero namorar com você!

Seu coração palpitou, tomado de emoção. Exceto pelo seu pai, ninguém a chamava pelo diminutivo do seu nome. Respondeu, quase automaticamente:

– Eu tenho namorado. Não posso concordar com isso. Não está certo o que estamos fazendo.

Ele não ouvia o que ela dizia. Hipnotizado, continuou:

– Desde que eu a conheci, não consigo esquecê-la. Até tentei quando você disse que era comprometida. Mas você não está casada nem noiva. Não devemos deixar de lutar pelas pessoas que amamos só por causa de um compromisso. Eu sei que você também gosta de mim!

– Eu amo o Ricardo, namoramos há muito tempo e pretendemos nos casar – respondeu ela.

Miguel se aproximou. Segurou seu rosto, beijou-a delicadamente, sem que ela tivesse reação. Abraçou-a com mais força e beijaram-se outra vez. Desta vez, ela correspondeu com a mesma intensidade, sabendo que algo novo despertava dentro dela e que sua vida mudaria completamente.

Estava apaixonada, não tinha dúvidas.

Desvencilhou-se de Miguel, correndo para dentro de casa, totalmente desnorteada. Sua cabeça girava, seu corpo tremia, as lágrimas escorriam silenciosamente pelo rosto. Precisava resolver isso imediatamente. Não podia se comportar assim com Ricardo, com seus pais nem com ela mesma. Ainda bem que faltavam apenas quinze dias para seu retorno ao Brasil, assim poderia conversar com Ricardo pessoalmente. Como ele ainda estava nos Estados Unidos, ela teria que aguardar a volta dele para conversarem. Precisava confidenciar com sua mãe tudo que estava acontecendo.

Sabrina se debatia em pensamentos, procurando entender a guinada repentina em sua vida. Até pouco tempo atrás, ela se achava uma pessoa completamente resolvida. Imaginava estar amando a pessoa certa, mesmo com os altos e baixos do relacionamento. De súbito, tudo virou de ponta-cabeça. Uma outra pessoa surgiu, e todas as suas certezas desceram pela correnteza. *Como é engraçada a vida,* pensava ela, *às vezes, tudo muda tão rapidamente, que sequer sabemos como isso aconteceu.*

Na última semana do intercâmbio, dedicou-se ao máximo. Queria tirar o melhor aproveitamento dessa temporada em Paris. Saiu com Miguel mais duas vezes e, depois, ele viajou para o Oriente Médio. Pediu a ele um tempo para resolver sua vida com Ricardo, para conversar com seus pais e para organizar seus sentimentos. Já sabia que o amava, disso não tinha dúvida, mas as coisas precisariam de um tempo para amadurecer.

Ele disse que passou mais de um ano tentando esquecê-la, porém não havia conseguido. Disse que tinha as melhores intenções e que gostaria de aprofundar o relacionamento assim que ela se resolvesse com Ricardo. Ela falou da sua dedicação à carreira, do quanto isso sacrificara sua vida, tanto o lado pessoal como a parte física. Depois de dezessete anos dançando e treinando todos os dias, uma turnê significava um sacrifício pessoal, com muitas dores e noites mal dormidas. Mas ela não se arrependia. Escolhera essa profissão e sentia-se realizada por ter conseguido vencer.

Chegou ao Brasil em uma manhã de sábado, e seus pais a receberam no aeroporto de Guarulhos.

– Bom dia, mamãe. Oi, papai, como vocês estão ótimos! – disse ela, com alegria.

– Estamos felizes por você estar aqui – respondeu a mãe, abraçando-a calorosamente.

Capítulo XIV

— Vamos para casa deixar as malas. Seu irmão está chegando daqui a pouco do Rio de Janeiro e vamos nos encontrar para o almoço — disse Arnaldo, animado.

Encontraram-se com Marcelo em casa. Ele vinha passar o fim de semana com os pais e ficou feliz por coincidir com a chegada da irmã. Saíram para almoçar e Renata percebeu que a filha estava mudada. Algo em seu íntimo lhe dizia que alguma coisa havia acontecido em Paris. Quando voltaram, Arnaldo saiu com Marcelo para ver um carro que o filho queria comprar, e Sabrina se recolheu ao quarto. Sua mãe entrou para conversar:

— O que aconteceu, minha querida? Você parece muito angustiada. Quer se abrir comigo? — perguntou Renata, acariciando o cabelo dela.

— Miguel apareceu em Paris subitamente, sem que eu esperasse — disse ela, com os olhos marejados.

— Mas o que aconteceu, minha filha?

Ela não conseguiu segurar o soluço:

— Eu estou apaixonada por ele, mamãe. E ele também está apaixonado por mim! — exclamou.

Renata levou um susto e olhou para a filha, estupefata. Por fim, disse:

— Pelo amor de Deus, o que aconteceu com você? Perdeu o juízo? E o Ricardo, você já falou com ele?

— Ainda não. Preciso falar com ele o mais rápido possível, não posso continuar assim — respondeu ela, ainda soluçando.

Renata congelou, colocou a mão sobre a boca e sentou-se na beira da cama. Era muita emoção para digerir de imediato. Sabrina suspirou fundo, e disse com resignação:

— Mamãe, não sei como tudo isso aconteceu, mas essas coisas, quando têm de acontecer, acontecem! Eu já não estava tão empolgada com Ricardo. Aquele ciúme doentio, a pressão para me controlar, o sentimento de possessão que ele exercia sobre mim. Isso já estava ficando insuportável, mas eu sempre achei que o amava e conseguiria superar tudo. Mas vejo agora que o amor é outra coisa. O que sinto pelo Miguel é infinitamente maior. Só de pensar nele eu sinto um sufocamento, uma vontade de gritar para todo mundo que o amo — desabafou ela, segurando as mãos de sua mãe.

Renata ponderou:

— Isso pode ser uma empolgação. Uma paixão inconsequente. Uma coisa que vai passar, você não acha?

Ela fitou a mãe demoradamente e respondeu:

— Eu nunca o esqueci, desde a noite em que nos conhecemos. Tentei não dar muita importância, deixar o tempo apagar, mas quando o reencontrei em Paris, meus sentimentos cresceram. Lutei todo esse tempo para não alimentar essas emoções, mas algo em meu íntimo sempre o trazia de volta – confessou.

— Meu Deus, como posso entender isso? – indagou Renata, como se estivesse falando consigo mesma.

— Preciso falar com Ricardo. Amanhã vou ligar para saber que dia ele chega. Ele está vindo para as férias – disse Sabrina.

— Pense direito, filha, não tome uma decisão dessas assim, na emoção – insistiu ela.

— Não posso esperar, mamãe. Seria desleal com Ricardo e não quero deixar de viver o que estou sentindo. Eu tenho certeza do que eu quero e sei que não o quero. Mesmo que eu não fique com o Miguel, ele já me fez enxergar que estou enganando a mim mesma ao ficar com o Ricardo – afirmou Sabrina, convicta.

Assim que Renata saiu do quarto, Sabrina transitou em seus devaneios. Colocou uma música e ajustou o fone de ouvido fitando o teto do quarto enquanto pensava em tudo que deveria fazer. O mais importante era manter a serenidade ao conversar com Ricardo. Esperava que ele entendesse o que estava acontecendo. Ia ser um baque, ela tinha certeza. Estava apaixonada por Miguel e há muito já não se animava com Ricardo. Talvez pelo tempo que estavam juntos e também por ser uma relação tão previsível e desgastante. Não sabia de quem era a culpa, mas o ciclo havia chegado ao fim.

Adormeceu e, no dia seguinte, logo de manhã, ligou para Ricardo. Ele contou que chegaria dentro de três dias, que ficaria o mês de julho inteiro, e que estava morrendo de saudade. Sabrina sentiu o coração apertar, mas estava decidida a colocar um ponto-final naquela situação. Três dias depois,

Capítulo XIV

quando ele chegou, ela foi esperá-lo no aeroporto. Entraram no carro e ele pressentiu que alguma coisa não estava bem. O semblante de Sabrina estava triste. Seu sorriso não era o mesmo. Ela dirigiu até o parque em silêncio e, quando estacionou, Ricardo viu lágrimas caindo de seus olhos. Sem entender o motivo do pranto, ele perguntou:

– O que está acontecendo, meu amor?

Sabrina não conseguia conter a emoção. Ensaiara durante dias o que iria falar, como abordaria o assunto e agora, frente a frente, as palavras não saíam. Ricardo esperou que ela se acalmasse para entender o que se passava. Passou a mão em seu cabelo e perguntou:

– Alguma coisa com seus pais? Ou na companhia? Acalme-se e me conte tudo – disse ele.

Ela tentou estancar as lágrimas, olhou para ele, respirou fundo e disse:

– É sobre nós, Ricardo. Precisamos resolver nosso relacionamento. Eu não sei como dizer isso, mas cheguei ao limite. Está tudo muito difícil para mim. Não podemos continuar o nosso namoro.

Ele foi pego de surpresa. Nunca imaginou que a tristeza dela tinha a ver com os dois como casal. Sem saber o que dizer, ele perguntou:

– Mas o que mudou, querida? Estamos juntos, nós nos amamos, o que pode estar errado?

– Não estamos juntos, Ricardo. Eu vivo viajando, você mora em outro país. Talvez isso tenha nos afastado. Não adianta nos enganarmos, a nossa relação esfriou com o tempo – disse ela.

– O que você está querendo dizer? Que não me ama mais? Você está terminando comigo? – perguntou ele.

Sabrina precisava ser forte e falar claramente. Passou as costas das mãos pelos olhos, secando o rosto, e disse:

– Sim. Estou dizendo que não dá mais, Ricardo. Eu gosto de você, mas nossa relação já não é mais a mesma. Analisei por muito tempo e não quero continuar dessa maneira. Também não adianta fingir que estamos bem, pois não estamos. Nós brigamos, separamos e depois voltamos. Já me cansei de tudo isso.

Ricardo não conseguia acreditar. Jamais imaginou que esse dia chegaria. Para ele, tudo que eles viviam era o retrato do profundo amor que sentiam um pelo outro. Mesmo quando brigavam, ele tinha certeza de que logo tudo ficaria bem. Para ele, isso já fazia parte do namoro deles. Sem saber o que falar, ele perguntou:

– O que aconteceu, Sabrina? Como você deixou de me amar assim? Não posso acreditar no que estou ouvindo.

– Isso é um processo e às vezes acontece sem que a gente perceba. Já vínhamos nos desgastando há um bom tempo, e eu já não tinha certeza de que era isso que eu queria para minha vida – disse ela.

Os olhos dele marejaram. Sua voz ficou presa na garganta. Depois de algum tempo em silêncio, ele disse:

– Você sempre disse que me amava. Como tudo mudou?

– Eu gosto de você. Você sabe disso. Mas surgiu outra pessoa, com quem me envolvi. É algo que não pude evitar – respondeu ela, tentando explicar o inexplicável.

– Mas como isso pôde acontecer? – Ele não conseguia acreditar e insistia na mesma pergunta.

– Não sei, aconteceu – respondeu ela.

Ele perguntou, arqueando as sobrancelhas:

– Eu conheço essa pessoa?

Sabrina já esperava essa pergunta. Sabia que precisava ser sincera com ele. Ela não mentia quando dizia que o amava, mas as coisas mudaram, o seu amor mudou.

– Estou envolvida com Miguel, aquele rapaz que conheci em Nova Iorque. Mas não pense que o encontrei sem você saber. Nos encontramos por acaso em Paris e acabamos saindo para jantar. Apenas isso – disse ela, tentando amenizar a situação.

Ricardo sentiu o chão faltar sob seus pés. Um gosto amargo subiu pela garganta. Um misto de raiva, angústia e impotência turvou seus olhos. Falou com um sentimento de mágoa:

– Não posso acreditar que você tenha feito isso comigo. Todo esse tempo saindo com outro e não me disse nada, nunca imaginei que você pudesse ser tão vadia – falou ele.

Capítulo XIV

– O que você disse, Ricardo? Nunca imaginei uma palavra tão suja saindo da sua boca! Vou relevar porque você está nervoso. Não é nada disso do que você está pensando! Eu nunca mais o tinha visto desde aquele jantar. E, em Paris, não houve nada que fosse uma traição a você – disse Sabrina, com firmeza na voz.

– Mas você acaba de me dizer que está envolvida com ele. Ninguém termina um namoro de anos ou se apaixona por alguém que viu duas vezes. Pare de mentir para mim! – retrucou ele, com voz rouca.

– Não estou mentindo para você. Nunca te traí em todos esses anos e não seria agora que isso iria acontecer. Mas meu coração já está fortemente ligado a outra pessoa. Estou sendo sincera, não posso estar com você pensando em outro – disse ela sem entender onde encontrou forças para falar.

Os olhos de Ricardo não enxergavam mais nada. As lágrimas rolavam pelo seu rosto. Ele abriu a porta do carro e desceu, caminhando lentamente pela calçada. Sabrina ficou sem reação por instantes. Desceu do carro e correu ao seu encalço. Abraçou-o com força, soluçando, porém ele evitou olhar diretamente em seus olhos. Ela disse emocionada:

– Perdão, Ricardo, por fazer você sofrer. Eu nunca imaginei que algo assim pudesse acontecer, mas o destino prega peças na gente.

– Eu vou matar esse desgraçado que te roubou de mim.

– Para com isso, a culpa não é dele, não é de ninguém. Se quiser culpar alguém, culpe o destino.

Ele estava muito magoado:

– Eu não consigo acreditar. Você destruiu a minha vida. A nossa vida! Todo amor que eu lhe dediquei, todos os nossos sonhos!

– Eu não vou carregar essa culpa. Talvez todo esse tempo que passamos juntos tenha nos desgastado. Você tem que pensar se também não contribuiu para que isso acontecesse.

– Ora, agora você quer me culpar? Foi você que arranjou outra pessoa. E que nunca vai te fazer feliz como eu fiz. Isso é um sentimento passageiro, você vai ver!

Ricardo desvencilhou-se dela e seguiu pela calçada. Ela ficou estática, em prantos, e viu quando ele dobrou a esquina e desapareceu na multidão.

Ela sabia que ele estava muito ressentido, mas não tinha outra coisa a fazer. Precisava ser leal com ele. Talvez ele nunca a perdoasse.

Ela o amava, mas seu sentimento por Miguel era muito mais forte. Não tinha como segurar. Caminhou pelo parque por algum tempo, tentando organizar os pensamentos, depois, pegou o carro e foi para casa. Entrou para o quarto e não soube por quanto tempo ficou acordada. Adormeceu e, no outro dia, estava aliviada por ter tido a coragem de resolver esse conflito.

Sabia que Ricardo sofreria muito, mas acreditava que um dia ele pudesse superar. A vida trataria de escrever os próximos capítulos de sua história. Ela estava pronta para isso e tinha a convicção de que não se arrependeria jamais.

Capítulo XV

Capítulo XV

Sete anos depois

Um dia que não deveria ser lembrado, mas que jamais seria esquecido. Os trâmites burocráticos dentro do hospital, a papelada para assinar, a espera da remoção do corpo para o velório... Mesmo com muitas pessoas ajudando, existiam coisas que ninguém poderia fazer por Sabrina. Jamais imaginara viver algo tão triste, sentir uma dor tão profunda. E ainda precisava cuidar de Melina, sua filhinha de quatro anos que não entendia nada do que estava acontecendo. Com a inocência e espontaneidade das crianças dessa idade, ela perguntou:

– Mamãe, por que você está chorando? O que aconteceu com o papai? Por que ele está dormindo naquele lugar?

Sabrina segurava a menina no colo e acariciava seu cabelo. Olhou para ela e disse:

– Papai está descansando, minha princesa. Ele já não sofre mais. Jesus está cuidando dele.

– Mas quando ele vai acordar? Por que tem esse tanto de gente aqui? A vovó também está chorando.

Sabrina não sabia como explicar o inexplicável:

– Ele não vai mais acordar, minha linda. Ele vai dormir para sempre. Igual uma fada que faz a princesa dormir eternamente.

A garotinha não entendia, mas passou as costas da mão no rosto da mãe, tentando enxugar as lágrimas que descem.

– Não chore, mamãe. Quando você quiser, a fada acorda o papai – disse ela, com um sorriso.

Ela abraçou a filha, apertando-a contra o peito. Tentou segurar as lágrimas, mas não se conteve. Maria, a babá de Melina, pegou-a pela mão e foi passear na área externa do cemitério, enquanto Sabrina permaneceu no salão. As avós não queriam que ela compartilhasse desse momento, entretanto, Sabrina optara por levá-la. No seu entendimento, isso não causaria nenhum trauma psicológico na menina. Várias pessoas estavam ali para o velório de Miguel, que falecera na manhã daquela sexta-feira. Seria um fim de semana com a duração de um ano.

A mãe de Miguel, os irmãos, tios e sobrinhos, assim como muitos amigos, estavam presentes. Centenas de coroas haviam sido enviadas por clientes, fornecedores e entidades de classe e deixavam o ambiente com um cheiro forte de crisântemos e gardênias. As velas acesas nos castiçais de cristal contribuíam para tornar o clima fúnebre, ainda mais pesado. Sabrina sentava-se ao lado do caixão, vestida em um conjunto preto, com um lenço sobre a cabeça. Ao seu lado, Renata segurava sua mão. Laura acariciava as pontas do seu cabelo, que saíam por baixo do lenço. Muitas pessoas que ela não conhecia desfilavam pelo salão. Outros vinham dar-lhe os pêsames, afastando-se logo em seguida, como se já tivessem cumprido a obrigação.

Ela recostou-se nos ombros de sua mãe e um leve torpor tomou conta de seu corpo. Uma sensação de dormência foi acometendo sua mente, e ela reviveu fatos do seu passado recente até aquele momento.

Miguel havia chegado ao prédio da companhia de balé no intervalo do almoço. Quinze dias haviam se passado desde que ela e Ricardo tiveram aquela conversa, terminando o namoro. Ele trouxera um buquê de flores silvestres na mão esquerda, e na direita, carregava uma pequena cesta com uma alça de couro. Entregou o buquê para ela, beijou-lhe carinhosamente os lábios e perguntou:

– Como está a bailarina mais linda do mundo? Em um mosteiro ou em um quartel? – brincou ele.

– Nem um nem outro. Estou morrendo de fome, esperando que um príncipe me convide para almoçar.

– Como foi com o Ricardo? Deve ter sido horrível – perguntou ele.

– Não quero falar sobre isso. Você entende?

Ele ficou um pouco desconcertado com a resposta e corrigiu:

– Desculpe tocar no assunto. Imagino como deve ter sido.

Ela sorriu, acariciou seu queixo e disse:

– Não precisa se desculpar, é que isso já ficou para trás, não quero relembrar. Vamos sair para comer alguma coisa. Como falei, estou morrendo de fome.

– Vamos sim. Tem um restaurante bacana aqui pertinho.

Ela olhou para a cesta que ele carregava e, com uma expressão curiosa, perguntou:

Capítulo XV

– O que tem nessa cesta?

Ele entregou para ela, dizendo:

– Um presente que eu trouxe para você. Espero que goste, pois é muito sensível. Se você não gostar, ele vai ficar triste.

Ela pegou a cesta e abriu. Dentro tinha um filhote de Yorkshire de aproximadamente dois meses, de cor preta e orelhas cor de café. O cãozinho a fitou com um olhar tão doce que a fez derreter. Sabrina ficou tão emocionada que seus olhos marejaram. Ela virou-se para Miguel e o abraçou com força, dizendo:

– Que presente maravilhoso! Muito obrigada, querido. Eu amei esse bichinho lindo.

– Pensei que fosse gostar mesmo. Qual nome você vai escolher para dar a ele, querida?

– Ele vai se chamar Teddy. Você gosta? – perguntou.

– É um nome bonito. Ele também vai gostar.

Saíram de mãos dadas e seguiram para o restaurante. Parecia que se conheciam desde sempre. Sabrina sentia-se leve, sem toda aquela carga emocional que vinha carregando. Tinha sofrido intensamente com o fato de estar se envolvendo com Miguel sem antes resolver seu relacionamento com Ricardo. E isso não havia sido fácil. Estava bastante convicta do que deveria fazer e, agora, muito mais aliviada, já que tudo já havia se resolvido. Em paz com sua consciência, seu coração era só alegria. Comeram uma salada com frango desfiado e depois pediram um café. A fumaça que subia da xícara emanava um cheiro forte e delicioso. Miguel pegou a mão dela e disse:

– Como você está linda! Estou feliz por estarmos juntos.

Sabrina provou o café, olhou para ele e agradeceu o elogio:

– Obrigada, são seus olhos. Eu também estou muito feliz.

Miguel sorriu e, em seguida, falou:

– A turnê em Paris será daqui a dois meses. Seria ótimo se você chegasse um pouco antes para se integrar ao elenco.

– Sim. Eu conversei com Valéria. Vou me organizar para ir trinta dias antes do início das apresentações. Com isso, posso interagir com o elenco por tempo suficiente.

Sabrina ajeitou o cabelo, que insistia em cair sobre os olhos. *Devia ter prendido com uma fita,* pensou ela. Em seguida, quis saber:

– Você fica por quanto tempo no Brasil?

– Eu ficarei este mês inteiro. Tenho alguns negócios para tratar aqui e quero conhecer seus pais. Devemos ir a Paris mais ou menos na mesma época – explicou ele.

– Que ótimo. Vou marcar com meus pais para almoçarmos no sábado. Se você puder – disse ela.

– Pode marcar. Podemos ir a um bom restaurante – sugeriu ele.

– Eu prefiro na minha casa se você não se importar. Minha mãe vai gostar de preparar alguma coisa. Depois você me diz o que mais gosta de comer.

– Eu como qualquer coisa. Gosto de tudo – disse ele, dando uma piscadinha.

Combinaram de se encontrar mais tarde, por volta das dezessete horas. Miguel viria buscá-la. Sabrina passou a tarde concentrada nos treinamentos, e quando percebeu, já estava na hora de ir embora. Ele a esperava na porta do teatro. Entraram no carro, ela deu uma porção de ração para o Teddy e seguiram para um café logo adiante. Fizeram um lanche e conversaram bastante. Eles não conseguiam mais ficar longe um do outro, e qualquer brecha era uma desculpa para se encontrarem.

Com o tempo, ele contou mais sobre as atividades de sua família, que a empresa começara com seu avô, no interior de São Paulo, e agora o grupo atuava em diversos países. Sabrina quis saber por que o casamento dele não havia dado certo. Ele explicou que eles não estavam na mesma página: ele sonhava em ter filhos, ela não queria ser mãe. Além disso, eles não tinham os mesmos interesses. Ela não saía do shopping e do salão de beleza, e ele queria alguém menos materialista e menos consumista. Precisava de uma pessoa mais leve e de bem com a vida ao seu lado. Não queria falar sobre isso, mas não se esquivou de responder ao que ela perguntou. Miguel a deixou em casa, juntamente com seu novo companheiro, Teddy, e combinaram que ele a buscaria no dia seguinte, na saída do teatro. Queriam aproveitar o tempo que pudessem para ficar juntos.

No outro dia, assim que ela entrou no carro, Miguel a convidou para conhecer o apartamento dele. O prédio, localizado no alto da Vila Mariana, tinha uma fachada em estilo clássico. Quatro colunas aparentes, como se

Capítulo XV

fossem esteios, projetavam para fora. O saguão, com um pé-direito com mais de doze metros de altura, era emoldurado por uma pintura clássica pendurada na parede. Sabrina não soube identificar de quem era a gravura, mas o bom gosto era indiscutível. O elevador abria em um *hall* dentro do apartamento, onde os móveis combinavam de forma harmoniosa e personalista.

Os sofás, tão brancos que doíam nos olhos, as almofadas cor de creme, uma mesa de centro em madeira envelhecida, incrustrada de partes de espelho escovado, compunham a decoração. A sala de jantar tinha uma mesa grande, em mármore branco, e cadeiras altas, estofadas com um tecido cor de cereja. Nas paredes, belas gravuras de Pablo Picasso se misturavam com dois quadros de Candido Portinari. Na transição para uma pequena sala de música, um quadro de Tarsila do Amaral dominava o ambiente. O apartamento era decorado com muito bom gosto, constatou ela.

Miguel colocou um CD de Sade Adu para tocar e abriu uma garrafa de vinho. Ofereceu uma taça para Sabrina, que aceitou prontamente. Pegou uma tábua de frios na geladeira, deixando em cima da mesa de centro. Enquanto a música tocava, ele levantou sua taça, tocando levemente na dela, e brindou:

– Ao nosso encontro. Ao nosso futuro. À nossa vida, juntos – disse ele.

– Que seja doce e eterna enquanto dure. Espero que para sempre! – respondeu Sabrina, segurando a taça na altura dos olhos.

Abraçaram-se carinhosamente, dançando ao som da música lenta e trocaram um longo e apaixonado beijo.

Algum tempo depois, já com a segunda taça quase vazia, ele puxou Sabrina pelo braço e a conduziu para o quarto. Ela se deixou levar consciente. Estava tranquila sobre tudo que sentiam e poderiam fazer juntos. Ele a abraçou pela cintura, e o beijo foi ainda mais demorado. Devagar, e com muito cuidado, foi tirando a blusa dela. Depois, soltou o sutiã e os seios pularam nas mãos dele. Ela estava embriagada de paixão. Abriu, botão por botão, a camisa de Miguel, e seu dorso nu deixou-a ainda mais excitada.

Deitaram-se na cama, enquanto ele abria o zíper no lado direito da saia, deslizando-a até os pés. Sabrina surgiu quase inteiramente despida; apenas a calcinha branca a protegia nesse momento. Estava entregue, à mercê da vontade do seu amado. Ele puxou com cuidado a calcinha dela e começou a beijar seu ventre, seus seios e desceu até suas pernas. Ela se contorcia, gemendo de felicidade e prazer.

Miguel se levantou e desabotoou o cinto. Enquanto ele puxava as pernas da calça, ela pôde apreciar seu corpo másculo e bem torneado. Ele voltou para a cama, e ela gemeu com o peso do corpo em cima do seu. Ela fechou os olhos e suspirou. Queria apreciar aquele momento e qualquer palavra seria incapaz de expressar o que ela sentia. Ele a beijava com paixão. Suas mãos desciam e subiam pelo seu corpo, e ela sentia um arrepio gostoso. Quando ele se aconchegou entre suas pernas, ela sentiu uma pressão forte e máscula penetrando-a com firmeza.

Gemeu de prazer, deixando escapar um gritinho quase gutural. Miguel movimentava-se devagar e foi acelerando aos poucos. A cada movimento, ela puxava-o mais para dentro, deixando transparecer o quanto estava apreciando. Seus movimentos ficaram mais acelerados, o suor escorria pelas costas, as pernas estavam molhadas. Ficaram cada vez mais agarrados um ao outro, os movimentos ganhando mais força e velocidade. De repente, com um ímpeto espontâneo, explodiram no êxtase daquele momento maravilhoso.

Sabrina sorria com os olhos fechados, enquanto Miguel respirava forte, compassadamente. Deitados lado a lado, as pernas ficaram estendidas na cama, e as mãos entrelaçadas. Estavam felizes e realizados. Apaixonados, completamente entregues ao amor e à paixão que sentiam mutuamente. Sabrina virou-se para ele. Seu olhar era calmo e tranquilo, transmitindo paz. Aproximou-se e beijou seus lábios. Não disse nada, mas ele percebeu que ela dizia que o amava de todo coração.

Capítulo XVI

Capítulo XVI

A família se reuniu no sábado para o almoço em que conheceriam Miguel. Sabrina convidou Marcelo, que se deslocou do Rio de Janeiro para participar. Ela sempre foi muito ligada ao irmão do meio, bem mais do que com João Pedro, por isso a presença dele era tão importante para ela. Renata caprichou na receita, fazendo dois pratos: um robalo ao forno com batatas e um tornedor de filé-mignon com bacon. Sabrina ajudou na salada e nos preparativos da mesa. Uma música alegre e umas bebidas animavam o ambiente. Em um tapete apropriado, no canto da sala, Teddy observava a movimentação com o olhar atento, acompanhando Sabrina por onde quer que ela fosse. Arnaldo se encantou com o rapaz, ouvindo suas histórias sobre negócios, esportes e artes, enquanto Renata ficou mais quieta, queria conhecê-lo melhor. Ainda tinha a lembrança viva de Ricardo na vida deles. Sabrina ficou apreensiva, mas tinha certeza de que a mãe não demoraria muito a se render aos encantos do novo genro. Marcelo se identificou imediatamente com Miguel, e trocavam impressões sobre várias atividades de que ambos gostavam como desportistas.

Depois daquele almoço, vieram outros encontros e logo a família estava bem integrada com o novo membro. Renata se rendeu à simplicidade e educação de Miguel e passou a tratá-lo com muito carinho. Isso agradava a Sabrina, pois a sintonia com sua mãe sempre foi muito forte, e a aprovação dela era uma forma de saber que estava no caminho certo. Não que ela tivesse qualquer dúvida, mas isso tornava o ambiente familiar acolhedor e tranquilo.

Conforme previsto, viajaram para Paris, todos juntos. A família queria estar lá na estreia de Sabrina e acabou ficando por toda a temporada. As apresentações no *Teatro Marigny*, localizado na Champs-Élysées, foram um sucesso. O edifício tinha a forma construtiva de um dodecágono e, pela sua originalidade, todo o conjunto arquitetônico, como também a área florestal que o circundava, nas imediações do Palais de l'Élysée, eram considerados monumentos históricos.

A montagem escolhida pela direção foi *Le Corsaire*, baseada na obra de Lord Byron, com música do compositor francês Adolphe Adam e coreografia do russo Marius Ivanovitch Pepita. A história começa em alto-mar, onde o navio de Conrado, líder dos corsários, enfrenta uma tempestade. Apesar dos esforços de sua tripulação, o navio encalha na costa de uma ilha grega. Conrado e seus homens, Birbanto e o escravo Ali, são então encontrados na praia por um grupo de jovens, lideradas por Medora e sua melhor amiga Gulnara. Eles contaram sobre suas aventuras e como foram parar naquele lugar e, durante o relato, Medora e Conrado se apaixonam à primeira vista. Elas são surpreendidas por Lankedem, um mercador de escravos que as captura e as leva para serem vendidas. Os corsários ficam à espreita e seguem seus passos para tentar resgatá-las. A peça explora a interface das relações humanas, contrapondo a dominação e a ganância com os sentimentos de solidariedade, nobreza e amor. Sabrina participou do corpo principal do balé, demonstrando uma técnica apuradíssima. No fim, após a última apresentação, saíram para jantar em comemoração ao êxito alcançado pela montagem. No restaurante, Miguel acariciou as mãos dela, dizendo:

— Brina, parabéns pela sua performance. Achei que foi uma apresentação excepcional e você esteve perfeita.

Renata acenou com a cabeça:

— Concordo plenamente. O espetáculo foi maravilhoso. Uma das melhores apresentações que já assisti.

— Também achei impecável, você estava linda, minha filha — aquiesceu Arnaldo.

Sabrina sorriu, agradecida:

— Fico feliz que gostaram. A direção nos conduziu de forma segura, e cada um deu o melhor de si. O público transmitiu uma energia muito positiva; um momento mágico, sem dúvida. O melhor de tudo foi ter todos vocês aqui para me apoiar.

Miguel voltou-se para Renata, e disse:

— Que pena que vocês já voltam amanhã para o Brasil. Eu tenho uma viagem de oito dias para Dubai, são alguns negócios que vou encaminhar, e gostaria de pedir permissão para que Sabrina me acompanhasse.

Ela o encarou com um misto de surpresa e alegria. Não haviam conversado sobre essa viagem. Claro que gostaria de ir, mas já passava da hora de reassumir seu posto na companhia em São Paulo. Estava fora há dois meses e não ficaria bem viajar novamente sem o aval dos diretores.

— Você não me falou sobre essa viagem — disse Sabrina, interrompendo.

Renata então respondeu:

Capítulo XVI

— Da minha parte não vejo nenhum problema. E você Arnaldo, o que acha? Mas, afinal, acho que Sabrina é que deve decidir ou não.

— Ora, por mim tudo bem – disse o pai.

Como ela fora pega de surpresa, estava desconcertada:

— Eu não sei. Claro que gostaria de ir, mas não combinei nada em São Paulo, tenho que voltar para a companhia.

Miguel interveio:

— Eu já falei com Pierre Berny, amor. Está tudo bem. Ele disse que não terá nenhum problema.

— Jura? Mas eu nem me preparei, não tenho roupas adequadas – respondeu, abrindo um sorriso.

— Não se preocupe com isso, nosso voo é daqui um dia, você e sua mãe podem fazer algumas compras amanhã. – argumentou ele.

— Ótimo, filha, eu queria mesmo comprar alguns *souvenirs* antes de voltar para o Brasil. Nosso voo só sai às 23h, então dá tempo para a gente se organizar.

Na manhã seguinte, Sabrina e Renata saíram após o café para fazer compras. Visitaram a Rue du Faubourg Saint Honoré, passaram pela Place Verdôme e visitaram a Galeries Lafayette, onde ela comprou um chapéu muito original. Combinaram de encontrar Arnaldo para o almoço, pois ele havia preferido ficar no apartamento. Não se sentia bem acompanhando as mulheres em lojas de roupas e acessórios.

Durante o almoço, Renata dirigiu-se à filha:

— Querida, o Miguel é mesmo encantador. Ele está muito apaixonado por você.

— É verdade, mamãe. Ele é um doce, e estou completamente apaixonada por ele. Parece adivinhar todos os meus pensamentos.

— Ele dá a impressão de ser de uma família bem tradicional. Tem uma educação perfeita, seu comportamento é impecável – falou a mãe.

— A descendência dele é de italianos. O avô dele chamava-se Aldo Bianchi e veio da Itália no pós-guerra, assim como vários outros imigrantes. Morou no interior de São Paulo. Fundou a companhia, que hoje é presidida pelo pai do Miguel. Ele é o diretor comercial, enquanto o irmão cuida da área financeira. Alguns parentes ainda moram em Franca, onde nasceram – explicou Sabrina.

– Ele não é afetado como as pessoas ricas costumam ser. Nem parece ter tanto dinheiro. Comporta-se como uma pessoa simples.

– Para mim, nunca falou de dinheiro. Não fala muito sobre o trabalho. Eles têm um negócio extenso e sólido. Quando visitei os pais dele, em São Paulo, fiquei encantada. Pessoas elegantes e muito atenciosas – disse Sabrina.

– Espero que vocês continuem se dando bem. Você merece ser feliz, minha filha. Rezo todos os dias para que isso aconteça.

– Obrigada, mamãe. Estou muito feliz. Miguel é tudo de bom que aconteceu na minha vida. Agora realmente conheço o amor de verdade.

Voltaram para o apartamento, e Sabrina ajudou os pais a terminar de arrumar as malas para a viagem. Por volta de sete horas, Miguel chegou para levá-los ao aeroporto. Na despedida, Renata, como sempre, chorava, enquanto Sabrina recomendava que a mãe tivesse cuidado com Teddy.

– Não deixe de passear com ele todos os dias, mamãe. E cuidado para não soltar a coleira, senão ele pode fugir e ser atropelado.

– Não se preocupe, filha. Vou cuidar do Teddy direitinho. Ele nem vai sentir sua falta – brincou Renata.

– Não fale assim, senão vou desistir dessa viagem. Estou morrendo de saudades dele – disse ela.

Na volta do aeroporto, Miguel contou que a viagem para Dubai fazia parte de uns acordos que teria que fechar com importadores árabes. Disse que a presença dela seria muito importante para que ele pudesse negociar com tranquilidade, pois não estaria com o pensamento longe, sabendo que ela estava ao seu lado. Ela ficou lisonjeada com esse comentário, pois sabia que ele falava a verdade. Sentia a forte ligação que Miguel tinha com ela. Ele dava demonstrações disso o tempo todo. Não disfarçava o quanto a companhia de Sabrina fazia bem para ele.

– Amanhã passo em seu apartamento às duas horas da tarde. Nosso voo para Dubai sairá às seis horas – disse ele.

– Pensei aqui, amor. Por que você não fica lá em casa hoje? – disse ela, afagando o cabelo dele.

Ele sorriu maliciosamente e respondeu:

Capítulo XVI

– Seria ótimo. Pensei que estivesse cansada e que eu estaria atrapalhando.
– Ora, seu bobinho. Você não me incomoda e não me atrapalha. Você me faz feliz – respondeu ela.
– Já estava com saudade de dormir sentindo seu cheiro. Eu vou, mas amanhã eu saio bem cedinho e busco minhas malas, enquanto você descansa, porque hoje não vou te dar folga.
Ela sorriu e respondeu provocativa:
– Quero ver se consegue. Acho que você só está querendo dormir.
Miguel piscou para ela e continuou dirigindo. Sentia-se o homem mais feliz do mundo. Ela recostou a cabeça em seu ombro enquanto ele aumentava o volume do som, que tocava uma música francesa linda. Enquanto dirigia, ele refletiu que tinha valido a pena esperar e insistir para conquistar aquela mulher. Ela, por sua vez, absorta em suas lembranças, sabia que aquela era a vida que sempre sonhara: um amor fácil e leve!
Na época em que namorava Ricardo, ela acreditava que aquilo era amor. Gostava da companhia dele, de ter alguém que se preocupava e cuidava dela. Ela o amava, tinha certeza que sim. Era um amor juvenil, mas com o tempo foi ficando possessivo, agressivo, controlador. Então, esse amor foi morrendo aos poucos, a cada crise, a cada término. Eles tentavam mantê-lo vivo, pois acreditavam que o amor ainda estava ali. Mas Sabrina viu o amor indo embora. Então o amor de verdade chegou, invadindo seus sentimentos e trazendo suavidade, maturidade, segurança. Sem jogos, sem cobranças, sem amarras, e aquela era a melhor sensação que ela poderia sentir.

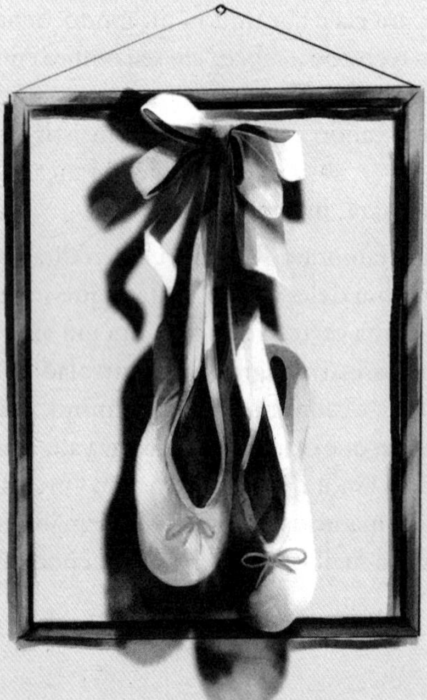

Capítulo XVII

Capítulo XVII

*S*entados sobre um tablado cheio de almofadas, no meio do deserto, Sabrina e Miguel apreciavam o espetáculo daquela noite em Dubai. Dança do ventre, coreografias com fogo e espadas criavam uma magia única naquele local ermo e solitário. Após o espetáculo, foi servido um banquete delicioso, com comidas típicas. A noite estava linda, o céu estrelado do deserto parecia tão próximo. O programa, apropriado para qualquer turista interessado em conhecer um pouco mais da cultura local, estava inserido no roteiro de diversos hotéis que operam excursões para o deserto. Os carros com tração 4x4 atravessavam facilmente as dunas praticamente intocadas em busca da melhor vista do pôr-do-sol: um espetáculo indescritível. O amarelo da areia se misturava lentamente com o laranja do céu, em uma paisagem de tirar o fôlego. Em seguida, os guias os levaram para um acampamento de luxo, que mais parecia um oásis de cores e sabores. O cenário se completava com as dançarinas e o banquete árabe.

Eles haviam chegado três dias antes e, enquanto Miguel fazia reuniões de negócios, Sabrina apreciava a piscina do hotel, aproveitando para ler um livro e, à noite, saíam para jantar e conhecer os lugares mais interessantes. A cidade era uma coisa inimaginável. Os sinais de riqueza estavam por toda a parte. Automóveis de luxo desfilavam como se fossem carros populares. O transporte público, as ruas, os edifícios, tudo muito organizado. O calor, quase insuportável para os padrões ocidentais, era amenizado com equipamentos de ar-condicionado de última geração, em todos os lugares. As tempestades de areia, que às vezes tomavam conta dos ambientes e da cidade, eram um espetáculo à parte.

Sabrina imaginava como existiam pessoas determinadas para construir uma cidade em um local tão inóspito e sem recursos naturais, e quem imaginaria que pudesse ficar tão fantástica. Uma metrópole linda, com construções modernas e luxuosas. Miguel explicou que, algumas décadas atrás, Dubai era apenas um entreposto comercial com pequenas construções à beira do Golfo Pérsico. Atualmente, a cidade fazia parte dos Emirados Árabes Unidos e era um dos destinos mais populares e desejados do Oriente Médio, com algumas das mais incríveis atrações do mundo.

A primeira impressão que os visitantes tinham ao chegarem a Dubai era de que a cidade era movida a grandes obras e até um pouco fria com relação ao convívio entre as pessoas. Isso, no entanto, era uma percepção equivocada. A cidade é extremamente cosmopolita, com oitenta por cento de sua população composta por estrangeiros, que, junto aos locais, recebiam muito bem os turistas. Em Dubai, tudo era construído para ser o melhor e maior do mundo.

Por isso, era de se esperar pela maior roda gigante do mundo, o maior edifício do mundo, uma ilha inteira voltada para o entretenimento noturno e alguns museus e parques espetaculares que ainda estavam sendo construídos na região.

Tudo isso começara com a descoberta do petróleo, na década de 1960, fazendo com que a cidade ganhasse maior projeção, iniciando um período de modernidade. Observando a ultramoderna arquitetura do Burj Khalifa, um dos maiores prédios do mundo, Miguel comentou:

– A grande sacada deles foi incentivar o turismo e fazer uma cidade para a diversão, o lazer e os negócios. O respeito às regras é a base de tudo – disse ele.

Sabrina estava completamente extasiada com tudo que observava:

– Como é possível as pessoas viverem assim, longe de tudo, com esse calor insuportável? E as mulheres, usando essas roupas escuras, somente com os olhos à mostra? – perguntou ela, enquanto voltavam para o hotel.

Miguel respondeu, falando um pouco sobre a cultura local:

– Isso aqui é natural para eles, querida. Hoje a riqueza que esta região produz com a indústria de petróleo torna a vida bastante confortável. São um povo acostumado com o deserto e sempre foram felizes aqui.

– Mas deve ser muito difícil. Eles têm pouca água, e esse calor sempre absurdo – disse ela.

– Hoje, com o dinheiro do petróleo, há outras oportunidades. No século passado, tenho certeza de que tudo era mais difícil.

Chegaram ao hotel e foram para o quarto descansar. Miguel aproveitou para atualizar seus apontamentos, enquanto Sabrina tomava banho e lavava o cabelo. Quando ela terminou, ele saboreava um uísque com gelo. Ela se aproximou, beijando-lhe os lábios. Vendo que ele segurava dois bilhetes de passagens, perguntou:

– Já está olhando nosso voo de volta, meu amor?

Ele voltou-se para ela e respondeu:

– Não, minha linda. Amanhã nós vamos para as Ilhas Maldivas. Serão quatro horas e meia de voo. Ficaremos três dias e retornaremos para o Brasil.

Ela fez uma cara de espanto:

– Mais uma das suas surpresas, hein?

Miguel levantou-se e a abraçou, dizendo:

– Realmente, eu gosto de te mimar, queria colocar uma mochila nas costas e sair com você sem rumo, sem dia para voltar!

Capítulo XVII

– Você controla o meu destino, literalmente – disse ela, rindo. – Eu estava tão cansada de pessoas normais, conversas banais, ainda bem que você chegou. Improvável, imprevisível, como uma tempestade que chega sem pedir permissão – continuou.

Quando Miguel saiu do banho, Sabrina estava deitada, nua, folheando uma revista que encontrara na cabeceira da cama. Ele sentou ao seu lado e começou a beijar seu corpo: um beijo no pé, na panturrilha e foi subindo bem devagar. Fizeram amor, prometeram nunca mais se separar e dormiram abraçados, os corpos colados de suor. No dia seguinte, a viagem foi tranquila. Ao se aproximarem das Ilhas, já podiam ver aquele azul turquesa reluzente.

Olhando pela janela do avião, ela disse:

– Querido, isso aqui é maravilhoso. Que vista mais linda! Que horizonte deslumbrante.

– Se existe o paraíso, é aqui – disse ele, observando o mar e o infinito.

– É realmente fantástico! Nunca pensei que iria conhecer um lugar como esse, e ainda mais em sua companhia. Parece mentira! – falou Sabrina, enquanto tirava fotos pela janela.

Ele virou-se para ela e disse:

– Para você ver como as coisas são; eu, ao contrário, tinha esperança de vir aqui com você! Já sonhava em estar aqui com a mulher da minha vida. E eu já sabia que você existia.

Foram três dias inesquecíveis. As Ilhas Maldivas eram compostas por mais de mil ilhas e, em algumas delas, os hotéis estavam instalados. Eles se hospedaram em uma instalação que ocupava uma ilha pequena, com trinta bangalôs, cinco restaurantes, dois bares, quadras de esportes e uma praia com a areia mais branca e o mar mais azul que já tinham visto. Parecia um sonho. A praia era quase deserta, e os funcionários sempre atenciosos serviam caipirinhas e mojitos à beira-mar. Durante o dia, curtiam a piscina de borda infinita e, à noite, um cinema ao ar livre. Andaram pela praia, apreciaram a comida, enquanto Miguel a cercava de todos os mimos possíveis. A cada coisa que ela pensava, lá estava ele, um passo à frente, procurando agradá-la de todas as formas. Ela nunca estivera tão feliz. Estava amando e era correspondida. O que mais poderia querer?

Sentados em um restaurante de frente para o mar, eles observavam o voo das gaivotas. Enquanto bebiam uma taça de vinho tinto, Miguel disse:

– Hoje é nossa última noite aqui. Amanhã, voltaremos para o Brasil. Você está feliz? Acha que valeu a pena nossa viagem?

Sabrina abriu um sorriso esplendoroso e respondeu:

– Eu adorei a viagem, meu príncipe! A vida não poderia ser melhor. Esses dias pareceram uma eternidade e, ao mesmo tempo, a impressão é de que foram apenas horas. Estou muito feliz por estar aqui com você. Te amo demais!

Ele segurava um pacote pequeno nas mãos. Um embrulho bem caprichado, parecia uma caixa de chocolates, de tamanho médio, dessas que cabem no bolso do casaco. Miguel a colocou na mesa e, quando abriu, para surpresa de Sabrina, dentro havia uma outra caixinha, azul turquesa, com um laço de fita branca. Miguel entregou a pequena caixa para ela e disse:

– Vamos, abra.

Ela olhou curiosa, cheia de expectativa:

– O que tem aqui?

Ele não respondeu. Observava a expressão de surpresa no rosto dela. Sabrina abriu a caixa. Dentro tinha um anel emoldurando uma pedra solitária de diamante, que brilhava imponente sob a luz suave do restaurante. Ela ficou em transe, não acreditava no que seus olhos estavam vendo. Olhou para Miguel, e ele sorria candidamente, observando sua reação.

– O que é isso? Que anel maravilhoso! Deve ter custado uma fortuna.

– Foi encomendado especialmente para você. Quer se casar comigo?

Ela ficou boquiaberta, não acreditava no que estava acontecendo e exclamou:

– Como assim?

Ele segurou as mãos dela e disse:

– Estou te pedindo em casamento. Se você aceitar, quero propor nos casarmos daqui a exatamente um ano.

As lágrimas escorriam por sua face, seus olhos azuis ficaram verdes, depois avermelhados, e então novamente azuis. Ela fitou Miguel, sem conseguir falar. Abraçava-o e chorava ao mesmo tempo.

– Então, você aceita?

Sem conter as lágrimas, ela respondeu:

– Claro que aceito! Sou a mulher mais feliz do mundo.

– É você quem me faz o homem mais feliz do universo.

Miguel pegou sua mão e suavemente colocou a aliança. Sabrina olhava para o anel em seu dedo, e parecia estar sonhando. O amor deles era mais importante que tudo, e seria eterno. Disso ela não tinha dúvida.

Capítulo XVIII

Capítulo XVIII

O ano passou tão rápido como uma chuva de verão. Sabrina procurava ajustar sua agenda na companhia de teatro com os preparativos para o casamento. Apesar dos noivos quererem uma cerimônia mais intimista, Miguel tinha muitos amigos, sua família era grande, então, por mais que fosse uma celebração particular, teriam muitas pessoas presentes. Renata, radiante com o enlace de sua filha, cuidava para que os mínimos detalhes fossem observados. Estavam fazendo a última prova do vestido de noiva e precisavam correr para a igreja, para checar os detalhes da celebração. Sua mãe abriu a porta do provador e disse:

– Sabrina, precisamos ir. Hoje temos o ensaio final na igreja. O pessoal do cerimonial vai estar lá às dezesseis horas. Com esse trânsito de fim de tarde, fica muito arriscado. Corremos o risco de ficarmos presas e atrasar para o compromisso.

A costureira ajustava os últimos detalhes do vestido em sua cintura. Ela respondeu:

– Já terminei aqui. Vamos lá, então. Pode levar o Teddy para mim? – perguntou Sabrina, entregando o cachorro para Renata.

– Claro!

Elas saíram e foram para a igreja ajustar os últimos detalhes dos preparativos. Três dias depois, o enlace aconteceu. Uma cerimônia simples na igreja, com a presença de aproximadamente cem pessoas. Os familiares de Sabrina; seus pais e seus irmãos; Mariane, sua primeira professora de balé; Laura e os colegas da companhia; Pierre Berny; e alguns outros amigos. A família de Miguel estava toda presente. Seus pais, irmãos, tios e primos, e os amigos do time de polo.

Sabrina estava deslumbrante. Escolhera um vestido de seda *off-white* que caía elegantemente em seu corpo. Em sua cabeça, uma pequena tiara incrustada de brilhantes, presente de sua futura sogra, emoldurava sua beleza estonteante. Uma sobrinha de Miguel, de doze anos, levou as alianças até o altar. Um coral de vozes, acompanhado de um piano, fez o arranjo musical enquanto ela percorria os vinte metros da passarela da pequena igreja. Nem nos momentos mais tensos de sua vida de artista ela ficara tão emocionada. Estava feliz e realizada.

Depois da cerimônia, ela não se cansava de sorrir para todo mundo, atendendo aos pedidos de fotos das amigas e dos parentes. Nada podia estar mais perfeito. Miguel, com um terno cinza escuro, o cabelo escovado, mais parecia um príncipe. Rodeado dos amigos e familiares, não se cansava de dizer como estava feliz. Era o coroamento de um sonho, idealizado um ano antes, que agora se tornava realidade.

Da igreja seguiram para a Vila Nova Conceição, onde a recepção para convidados aconteceu na residência dos pais dele. A casa, muita espaçosa e bonita, dispensou esforço para decorá-la. A festa foi linda e bem animada; estavam cercados por tanto carinho, tantas pessoas que realmente desejavam sua felicidade. Foi um dia feliz e inesquecível.

Sabrina se aproximou, sorridente, de um pequeno grupo encostado em um canto do grande salão. Miguel estava no meio e, pelas risadas, o papo era bem masculino. Furou o cerco, segurando o braço de seu marido.

– Venha cá, vamos dançar, adoro essa música – disse ela.

Paulo, um amigo do time de polo, soltou uma gargalhada e falou:

– Pronto, era disso que estávamos falando. Acabou a independência do rapaz.

Miguel entrou no clima:

– Ora, essa é a melhor parte, pessoal. Agora eu tenho alguém para cuidar de mim. Não preciso mais me preocupar.

Sabrina falou em tom de brincadeira:

– Não se fie muito nisso. Estamos em outros tempos, e cada um precisa fazer sua parte, cuidando um do outro.

Saíram a caminho do salão principal, onde uma pequena orquestra tirava os primeiros acordes de uma valsa. Assim que entraram, o som da música ecoou pelo salão, e eles começaram a dançar. A princípio, apenas o casal ocupava a parte central do salão. Ela deslizava com a leveza de alguém habituada a ser conduzida nas performances do balé. As pessoas ficaram encantadas com a sutileza do casal que dançava. Aos poucos, outros casais foram se arriscando, e logo o salão estava repleto de dançarinos. Miguel fixou o olhar em sua esposa e disse:

– Como estou feliz, minha querida. Hoje é o dia mais importante da minha vida.

Ela sorriu e respondeu, emocionada:

– Eu também estou muito feliz. Eu não sabia, mas você é o homem que sempre esperei para me completar.

Miguel apontou sua mãe com um movimento do queixo:

– Repare como minha mãe fica olhando para você. Ela me disse que fiz a melhor escolha que um homem podia fazer.

– Ela é uma pessoa fantástica e contou seus defeitos para mim, viu?

– Espero que tenha dito que tenho algumas qualidades também.

Capítulo XVIII

— Sim, ela disse. Que você me ama profundamente. Aí eu fiquei convencida.

Ele fez uma careta de bravo:

— Vou ter uma conversa com ela. Uma mãe não pode entregar seu filho de bandeja assim.

Terminaram de dançar a valsa e se misturaram entre os amigos e convidados. Precisavam dar atenção a todos, afinal, estavam ali por causa deles. Já passava das onze horas quando as pessoas começaram a sair. Miguel pôde então conversar um pouco com seus pais, agradecendo o apoio da família e a presença de todos no casamento. Alguns parentes esperavam para cumprimentá-los, enquanto outros amigos queriam dar mais um abraço.

Foi uma noite esplendorosa. Nada ficou a desejar. Renata despediu-se da filha, pois ela ficaria com Miguel na casa dos pais dele e, na manhã seguinte, seguiriam em viagem de lua de mel. Abraçadas, elas não contiveram o choro. Uma pontinha de tristeza embaçava os olhos da mãe. Agora sua menina seguiria seu próprio destino, cuidando de sua própria família. Por outro lado, uma parte era só felicidade: Sabrina tinha encontrado um homem íntegro, que a amava muito, e isso era o que importava.

— Minha princesa, você sabe como estou feliz. Para mim, o mais importante é a sua felicidade.

— Mamãe, devo tudo a você e ao papai. Vocês sempre foram maravilhosos e me fizeram a pessoa que sou.

— Quero que tudo de bom aconteça para vocês. Vou sentir muita saudade. Divirtam-se e curtam a viagem.

— Pode deixar. Você e o papai estarão sempre em meus pensamentos.

Sabrina virou-se e abraçou Arnaldo. Seu pai queria ser durão, mas os olhos derramaram-se em lágrimas.

— Felicidades, minha filha. Estaremos sempre aqui, para o que você precisar. Vá com Deus e aproveite o máximo que puder.

— Obrigada, papai. Você é a melhor pessoa do mundo. Não existe ninguém igual.

Estava feliz por ter se casado com o amor de sua vida, mas também sentia que, de agora em diante, tudo seria diferente. Outros desafios para enfrentar, outras batalhas para vencer. Outros momentos para viver e ser feliz. Uma nova etapa começava.

Partiram na manhã seguinte com destino a Praga. Viajaram por três meses pela Europa Oriental. Era um desejo antigo de Miguel passar um tempo viajando por essa parte do velho continente, e nada melhor do que estar na companhia de sua esposa. Visitaram lugares maravilhosos, interagiram com diversas culturas e trocaram impressões sobre tudo que vivenciaram, aprofundando o conhecimento de um sobre o outro a cada dia que passavam juntos.

Na última etapa da viagem, eles foram para Santorini, uma das ilhas Cíclades no Mar Ageu, na Grécia. A ilha havia sido devastada por uma erupção vulcânica no século dezesseis antes de Cristo, moldando para sempre sua paisagem ondulada. As casas brancas, em forma de caixas, das duas principais cidades, Fira e Oia, ficavam nas encostas acima da caldeira submersa. Eles escolheram um hotel em Oia, que tinha a melhor vista do pôr do sol. Dali avistavam o mar, as ilhas menores a oeste e também as praias, constituídas de seixos de lava pretos, vermelhos e brancos. Enquanto saboreavam um café no terraço do hotel, Miguel observava o voo das gaivotas sobre o oceano. Sabrina folheava o cardápio. Ele voltou-se para ela e disse:

– Brina, precisamos resolver onde vamos morar. Temos a opção de ficar em São Paulo ou então em Barcelona. Meu apartamento lá é bastante confortável.

Depois de pensar um pouco, ela respondeu:

– Sabe, amor, eu gostaria de ficar em São Paulo, ao menos por esse ano. Fiquei ausente por muito tempo. Estou até meio sem graça com o pessoal da companhia.

Ele assentiu, observando:

– Se você quer assim, não tem problema. Eu posso me ajeitar para ficar perto de você o máximo que puder. Apenas pensei que poderíamos ficar um tempo na Europa.

Sabrina respondeu:

– Eu sei, querido. Mas se você não se importar, prefiro ficar em São Paulo, ao menos por enquanto. Estaremos perto de nossos pais, e não quero parar o meu trabalho só porque me casei. Não tenho vocação para dona de casa.

Miguel concordou, dando-lhe um beijo carinhoso:

– Está resolvido. Ficaremos em São Paulo.

Duas semanas depois, chegaram ao Brasil, e Sabrina mudou-se para o apartamento de Miguel.

Capítulo XIX

Capítulo XIX

Nos dois anos seguintes, as coisas seguiram o curso programado. Sabrina manteve a rotina de estudos e trabalhos, apresentando-se em várias performances da companhia, enquanto Miguel tocava seus negócios. Vez por outra, ela acompanhava o marido nas competições de polo e, a cada dois meses, faziam uma viagem internacional. Voltaram a Nova Iorque e ficaram por uma semana. Assistiram a uma peça de teatro e jantaram no mesmo restaurante em que se conheceram, sentido uma nostalgia interessante. Sabrina enfrentava um calvário de dificuldades em seu trabalho. Sentia muitas dores no fim de cada apresentação devido à inflamação recorrente nos pés. Já pensava até na possibilidade de parar de dançar. Conversava com Laura, que acompanhava de perto seus problemas e que a incentivava a seguir em frente.

– Não sei mais o que fazer, amiga. Meus pés me incomodam até quando estou andando. Já não estou conseguindo sequer calçar uma sandália de salto alto.

– Você precisa fazer um tratamento sério nos pés. Não adianta descansar apenas nos intervalos entre as apresentações. Como você treina quase todos os dias, eles não têm repouso.

– Talvez eu precise parar por uns três meses. E nesse período fazer um tratamento prolongado – concordou ela.

Laura aconselhou:

– A companhia vai parar por trinta dias no próximo mês de janeiro. Aproveite para viajar com Miguel e descanse por mais dois meses, tratando desses pés, menina.

Sabrina concordou e respondeu:

– Vou falar com Miguel. Quem sabe tiramos umas férias. Aí posso dar mais atenção a esse problema.

Laura incentivou:

– Acho sensato. Se você não se cuidar, pode desenvolver uma sequela permanente.

Sabrina conversou com sua mãe. Convidou-a para passar alguns dias com ela no apartamento em Barcelona. Renata argumentou que era difícil para ela se ausentar, pois não gostaria de deixar Arnaldo sozinho. Ela ficava preocupada e temerosa pela saúde dele.

Sabrina ponderou:

— Papai poderia ir com a gente. Pelo menos por um mês. O clima está bastante ameno e pode até ajudar na sua recuperação.

— Seria uma boa ideia. Ele anda muito abatido. Depois do infarto, ele não está fazendo nem as caminhadas que o médico recomendou.

Sabrina se animou e incentivou Renata:

— Vamos falar com ele, mamãe. Quem sabe ele concorda em ir com a gente. Miguel vai gostar muito.

— Está bem, vou falar com seu pai.

Arnaldo sofrera um infarto seis meses antes. Ele e Renata estavam caminhando em uma tarde no parque Ibirapuera quando ele começou a sentir cansaço. Insistiu em continuar, porém o mal-estar aumentou, e ela correu com ele o hospital. No caminho, ligou para Sabrina, que chegou no momento da internação. Desesperada, ela segurou o braço de sua mãe, vendo Arnaldo deitado na maca e sendo conduzido pelos enfermeiros:

— Como foi isso, mamãe? Ontem ele estava bem, não disse nada sobre qualquer coisa que estivesse sentindo.

— É verdade. Nada indicava que tivesse algum problema. Saímos para uma caminhada e, durante o percurso, ele disse que estava sentindo cansaço. De repente, reclamou de uma dor intensa no peito e não conseguiu seguir em frente.

— Oh! Meu Deus. Tomara que não seja nada grave com o papai. Ele não pode ficar doente.

— Deus é grande, minha filha. Tudo vai se resolver, e seu pai vai ficar bem. Vamos ter fé.

A sorte é que Renata tivera a presença de espírito de sair do parque diretamente para o pronto-socorro, e o atendimento havia sido imediato. Arnaldo teve que implantar dois *stents,* que serviam para a desobstrução das veias arteriais, e tudo ficara bem. O médico receitara uma dieta alimentar rigorosa, exercícios físicos e o abandono do cigarro, que ele fumava desde a juventude. Esse evento afetou o sistema emocional de Arnaldo, deixando-o quase sempre abatido e sem muita energia para fazer as coisas.

Renata tinha uma forma especial de lidar com ele, e mesmo sem vontade, ele concordava em fazer o que ela queria. No fim, dava tudo certo, e ele agradecia por ela ter insistido. Mesmo discordando no início, ele aceitou a viagem para Barcelona para ficar junto da família. À noite, em casa, Sabrina conversou com Miguel sobre a possibilidade de passar um tempo na Europa,

Capítulo XIX

o que ele concordou de prontidão. Disse que teria um campeonato de polo na cidade, e que fora chamado para a competição.

Combinaram de organizar as coisas para que, no início de dezembro, eles já estivessem na Europa para as festas de fim de ano. Receberiam os pais de Miguel e passariam o Natal juntos, já que os pais de Sabrina ficariam um tempo com eles. Sabrina levou Teddy para tomar todas as vacinas necessárias e preparou a documentação dele para a viagem. Ele já estava com mais de dois anos, cada dia mais inteligente e grudado em sua dona. Não se separavam por nada.

– Vai ser muito bacana essa temporada, amor. Você poderá descansar os pés, teremos mais tempo para nós e, quem sabe, faremos uma surpresa para a família – brincou Miguel, olhando para ela maliciosamente.

– Lá vem você, com suas ideias de filhos, mas, pensando bem, eu também acho que pode ser bom – concordou ela.

Durante o tempo em que passaram em Barcelona, Sabrina pôde descansar, fazendo um tratamento prolongado para os pés com um excelente fisioterapeuta, combinado com anti-inflamatórios receitados pelo seu médico. O resultado foi bastante animador, as dores praticamente desapareceram. Miguel disputou o campeonato de polo, mas sua equipe foi desclassificada logo na segunda etapa do torneio. Apesar do insucesso, ele gostou de manter vivo o espírito de competição que sempre tivera.

De volta a São Paulo, Sabrina sentiu-se renovada para retomar os trabalhos na companhia de balé. Testou os pés em exercícios prolongados e em passos de dança e realmente não voltou a sentir as dores que a atormentavam. Deveria esperar mais um pouco, para ver como seria quando tivesse em um espetáculo com mais de uma hora de duração e verificar se as dores não retornariam.

A companhia iniciou uma preparação de dois meses para a apresentação de um novo espetáculo, que estava sendo aguardado com grande expectativa pelo público. No último dia de ensaio, Sabrina deixou o palco na metade da apresentação. Dirigiu-se para o camarim, e Laura foi ao seu encontro.

– Por favor, me desculpe, querida, não estou me sentindo bem – disse ela.

– O que você está sentindo? Posso ajudá-la?

Sabrina respondeu, fazendo uma careta:

— Tenho sentido tontura há algum tempo. Não me preocupei anteriormente, mas desta vez foi muito forte. Minhas vistas ficaram turvas. Achei que iria desmaiar.

— Você precisa ir ao médico, amiga. Está se alimentando direito?

— Sim, estou.

Quando chegou em casa, ligou para a mãe, contando o ocorrido. Renata sugeriu que ela fosse ao médico imediatamente. Sabrina marcou a consulta para o dia seguinte, e sua mãe a acompanhou. O médico terminou a consulta e ela perguntou:

— Então, doutor, o que acha que pode ser?

— Bem, vou passar uns exames para você fazer, mas pelo que pude sentir nesta avaliação, você deverá se preparar para receber um herdeiro ou herdeira, ainda não sabemos — respondeu ele, sorridente.

— Meu Deus! — exclamou Sabrina.

Ela fora pega de surpresa. Uma pessoa mais experiente ligaria os sintomas à possibilidade de uma gravidez, porém ela não imaginara nem por um momento que pudesse estar esperando um filho. Renata ficou em êxtase. Sem conter a alegria, exclamou:

— Que notícia maravilhosa, doutor. Minha filha, que coisa linda. Seu marido vai ficar louco de felicidade.

— Precisamos aguardar os resultados para confirmar, mas as suspeitas são bem fortes — reafirmou o médico.

No dia seguinte, com o resultado do exame, a notícia se confirmou. Sabrina estava grávida! Entre a oitava e a décima semana e precisaria iniciar imediatamente o acompanhamento pré-natal. Miguel havia chegado de viagem naquela tarde e, logo após o jantar, ele abriu uma garrafa de vinho, oferecendo uma taça à Sabrina. Ela brindou com ele, mas colocou a taça na mesa sem beber. Passou os braços em volta do pescoço dele e disse:

— Tenho uma notícia para te dar.

Ele olhou para ela com as sobrancelhas arqueadas e perguntou:

— O que aconteceu, minha princesa?

Ela disse de supetão:

— Estou grávida! Acredita?

Miguel ficou paralisado. Por alguns segundos seus olhos marejaram, depois, pegou nas mãos de Sabrina e disse:

— Deus é maravilhoso! Nossa vida agora se completa. Você não podia me dar uma notícia melhor.

Capítulo XX

Capítulo XX

A gravidez de Sabrina foi como um passeio no parque. Nenhuma intercorrência, nada com que ela precisasse se preocupar. A barriga foi crescendo devagar e, no oitavo mês, nem parecia que esperava um bebê – que aliás, seria uma menina. Miguel diminuiu as viagens, passando a coordenar os negócios de casa e, quando era necessário, fazia as reuniões no escritório de São Paulo. Queria acompanhar a gravidez de sua esposa o mais perto possível. Foi com ela em todas as visitas ao médico durante o pré-natal e cuidava para que seus desejos fossem satisfeitos a tempo. Por vezes, conversava com sua garotinha através de carinhos e sussurros, alisando a barriga crescente de Sabrina.

No último mês de gravidez, ela evitou sair de casa e aproveitou o tempo para colocar a leitura em dia. Há muito queria ler *Os Irmãos Karamázov*, de Fiódor Dostoiévski. A narrativa tratava da história de uma conturbada família em uma cidade da Rússia. O patriarca da família levava o nome Fiódor Pavlovitch Karamázov, um palhaço devasso, que havia subido na vida principalmente devido aos dotes de suas duas mulheres, ambas mortas de forma precoce, e à sua mesquinharia. Os três irmãos, cada qual com uma personalidade, expunham as insondáveis razões para o comportamento complexo do ser humano. Essa obra foi considerada por Freud como o romance do século. Teddy não saía do lado de Sabrina por nada. Era o companheiro de todos os momentos, ajudando-a a enfrentar a angústia e a ansiedade que ela evitava dividir com o esposo.

A mulher, diferentemente do homem, costuma ter inúmeras preocupações com a chegada de um bebê, principalmente com relação à sua saúde. Isso só acaba quando o ciclo se completa, com o nascimento da criança em perfeito estado. Melina chegou no início da primavera, completamente saudável, aliviando a inquietude de sua mãe. Por um capricho do destino, a data de seu nascimento coincidiu com o aniversário de Sabrina. Vinte e sete anos depois, a história se repetia. Renata via nessa coincidência uma mensagem espiritual que traria uma sinergia muito grande entre as duas. Miguel não cabia em si de tão contente, sentindo-se o homem mais feliz do mundo. Pegou a filha nos braços assim que a levaram para o quarto.

– Este é o melhor presente que você poderia me dar, Brina. Nunca imaginei que essa emoção fosse tão forte.

Ela sorriu e retrucou:

— Eu também nunca senti nada igual. Ver o nascimento de uma coisinha tão frágil e saber que saiu de dentro da gente. Fruto do nosso amor. É realmente indescritível.

A família estava em regozijo com a chegada da pequena menina. Sabrina havia se afastado da companhia de balé logo que descobriu a gravidez e ainda ficaria longe dos palcos por um longo período. Talvez um ano, quem sabe dois... Queria acompanhar o crescimento de Melina e, para isso, teria que fazer algumas escolhas. Sentia uma saudade imensa dos palcos, das apresentações; afinal, o balé era sua vida, com ele tudo se transformava dentro dela, através dele ela se encontrava com o mais profundo do seu ser. Contudo a maternidade era uma dádiva que ela queria saborear a cada segundo.

Melina tinha os traços fortes do pai, misturados com a beleza e a suavidade da mãe. Com o tempo, seus olhos azuis como o céu foram tomando uma cor esverdeada, contrastando com a pele clara e o cabelo loiro. Rodeada do carinho dos pais e dos avós, ela cresceu em um ambiente familiar seguro e tranquilo. Na sua festinha de aniversário de três anos, a família se reuniu e, enquanto observava ela brincar com alguns amiguinhos, Renata disse:

— A Mel está cada dia mais linda, minha filha.

Sabrina concordou e acrescentou:

— É verdade. Uma menina muito meiga e carinhosa. Tem sempre um sorriso nos lábios.

Ao observar a filha, Sabrina divagava com lembranças de seu passado. Como uma visão, viu-se criança, junto com seus irmãos e protegida pelo carinho dos pais. Uma saudade imensa apertou seu coração. Voltou-se para a mãe e perguntou:

— E você, mamãe, como estão as coisas? Gostaria muito que viesse ficar comigo aqui em casa.

Os olhos de Renata marejaram:

— Não está sendo fácil, mas eu prefiro ficar na minha casa, mesmo com a falta que seu pai me faz. Tudo ainda está muito vivo em minhas lembranças.

— Saiba que se você quiser ficar aqui comigo, não tem problema. Já falei sobre isso com Miguel, e ele não se opõe.

Capítulo XX

A mãe agradeceu:

– Obrigada, minha querida. Vou levando da forma que está. Eu me sinto melhor assim. Acho que não me adaptaria vindo morar aqui.

Arnaldo havia falecido um ano antes. Desde que sofrera o infarto, ele não se recuperara totalmente. Ao menor esforço se cansava, e a saúde foi ficando debilitada. Uma noite, enquanto dormia, sentiu fortes dores no peito e dificuldade para respirar. Levantou-se, foi até a cozinha, tomou um copo de água, mas vendo que não melhorava, chamou Renata.

Ela ligou para a emergência, mas, quando o socorro chegou, ele já não respirava. Morreu nos braços dela. Esse episódio foi muito doloroso para Sabrina, para sua mãe e seus irmãos. Marcelo ficou um mês acompanhando a mãe em São Paulo, porém o trabalho exigia sua presença no Rio de Janeiro. Assim como João Pedro, que passou uma semana com ela, mas teve que retornar a Belo Horizonte. Eles precisavam cuidar de suas vidas. Sabrina, que morava em São Paulo, dedicava mais tempo para ficar com a mãe.

Alguns meses após o falecimento de seu pai, ela convidou Renata para morar em sua casa, mesmo sabendo que a mãe não aceitaria. Ela era muito apegada à própria casa, às coisas que ela havia construído com Arnaldo e entendia que deixar o lugar em que viveram por tanto tempo seria como desmerecer a memória do marido. Laura tocou no braço de Sabrina, despertando-a de seus devaneios:

– Sabrina, todo mundo está elogiando muito a sua performance. O pessoal da companhia diz que sua volta renovou os ânimos.

Ela havia voltado a dançar quatro meses atrás. Em pouco tempo de ensaio, recuperou toda a elasticidade de antes. Os pés já não incomodavam tanto, talvez por ter ficado mais de dois anos parada. Pensara seriamente em abandonar a carreira logo após o falecimento de seu pai. A ligação entre eles era de uma intensidade tal que até sua mãe havia lhe chamado a atenção, percebendo o quanto ficara abatida. Meses após a morte de Arnaldo, Sabrina ainda chorava todos os dias. Com o passar do tempo e com a ajuda de Miguel, ela foi superando aquela angústia imensa que machucava seu coração e tentou aos poucos retomar as atividades. Seu pai era um laço forte de sua união com a vida e, se estivesse vivo, ele diria para ela continuar em frente. Foi isso que a fez superar o trauma.

A companhia havia remontado a apresentação da peça *Cantata*, que fizera um grande sucesso na turnê de estreia de Sabrina como bailarina principal. Nunca esqueceria o que aquela montagem representava em sua vida. O começo de uma carreira vitoriosa e a oportunidade de galgar novos horizontes. Estava feliz por retomar esse projeto.

Voltou-se para Laura, sorrindo carinhosamente.

– A peça que estamos apresentando ajuda muito, não é verdade?

Laura concordou, acenando com a cabeça, e disse:

– É verdade, a peça tem força e uma energia própria, dando condições aos bailarinos de explorar o que eles têm de melhor.

Renata interveio na conversa:

– Eu também gostei muito das apresentações. Tive oportunidade de assistir duas vezes – disse ela.

– Miguel esteve no teatro na última performance. Ele também elogiou bastante – afirmou Sabrina.

– Fico feliz que você tenha retornado. Para todos nós, você fazia muita falta – disse Laura.

Sabrina estava feliz por tudo que estava acontecendo. Virou-se para a amiga, agradeceu e perguntou:

– E o Régis? Como estão as coisas?

– Infelizmente, acredito que acabaremos nos separando. Nesses últimos anos, as coisas só têm piorado. Ele não melhorou nada. E o principal disso tudo é a sua atitude em nosso relacionamento. Cada vez fica mais arredio – respondeu Laura.

– O tratamento não ajudou muito, pelo visto. A terapia que vocês estavam fazendo também não?

Laura explicou:

– Eu acho que o tratamento, a terapia, ou qualquer outra coisa que seja só tem condições de ajudar se a pessoa quiser ser ajudada. Esse não é o caso do Régis. Ele parece não querer. Nós até já falamos abertamente em separação. Pela forma como ele aborda o assunto, parece que seria um alívio para ele.

– É uma pena, depois de tantos anos juntos, ele não conseguir superar. Isso é doloroso.

Capítulo XX

– É verdade – assentiu Laura.

Sabrina pegou a garrafa e serviu:

– Vamos tomar mais uma taça de vinho. Brindar à vida e que as coisas melhorem sempre.

Sua mãe e Laura acompanharam o brinde:

– Vamos brindar ao seu sucesso e à sua linda filha. E que Deus nos dê forças para seguirmos adiante.

Miguel se aproximou sorrindo, com uma taça na mão.

– Esse clube da Luluzinha aceita um membro do sexo oposto? – perguntou.

– Claro que sim, meu amor. Você é sempre bem-vindo – disse Sabrina, brindando com seu esposo.

Miguel cumprimentou Laura com um beijo carinhoso, abraçou Renata, e todos brindaram ao aniversário de Melina, ao convívio harmonioso da família e dos amigos.

Alguns meses depois, Sabrina pediu licença novamente da companhia de balé, pois passaria uma temporada com Miguel em Barcelona. Ele queria participar de um importante torneio de polo que aconteceria na cidade. Ele havia se dedicado bastante aos treinos e, desta vez, estava confiante. O torneio em si duraria apenas duas semanas, isso se a equipe dele conseguisse chegar até a final. De qualquer forma, eles combinaram que ficariam lá por uns dois meses. Queriam passear em algumas cidades da Europa, acompanhados de Melina. Antes da viagem, Sabrina se encontrou com Laura e saíram para tomar um café.

– Vamos sentir sua falta aqui. Agora que estávamos novamente nos acostumando com sua presença, você vai embora.

– Obrigada, Laura. Você sempre foi muito atenciosa comigo, nunca vou me esquecer. É minha melhor amiga – respondeu Sabrina.

– A recíproca é verdadeira. Você também é muito importante para mim. Você sabe disso.

Os olhos de Sabrina se encheram de lágrimas:

– Eu acho que não vou voltar mais para a companhia.

Laura segurou suas mãos:

– Claro que voltará. Você ainda tem muito tempo para dançar.

– Não, querida. Acabei de ingressar no time das balzaquianas. Meu tempo de bailarina já está esgotado. Espero ficar perto de vocês, em alguma outra atividade, mas já não tenho lugar no elenco principal.

– Vamos aguardar. Essa é uma decisão importante. De qualquer modo, estaremos sempre por perto. Obrigada por tudo, por ser essa pessoa maravilhosa que você sempre foi.

Sabrina sentia um grande vazio, uma dor profunda pela decisão que a vida impunha. Entretanto, sabia que as coisas funcionavam desta forma. Uns partem para que outros possam chegar, e a vida se renova, como as estações do ano. Tinha cumprido seu papel e, apesar de sentir o peso do tempo, sentia-se absolutamente realizada. Virou-se para a amiga, ainda enxugando as lágrimas que teimavam em cair e perguntou:

– E você com o Régis? Separaram mesmo?

– Sim, foi doloroso, mas aconteceu. Acho que no fundo vai ser melhor para todos. O Régis vai tentar se encontrar de alguma forma.

Despediram-se, e Sabrina foi para a casa de sua mãe. Esperava convencer Renata a viajar com ela para Barcelona, mesmo sabendo que seria quase impossível conseguir esse feito.

Capítulo XXI

Capítulo XXI

Chegaram a Barcelona em uma sexta-feira, por volta das quatro horas da tarde. Era o começo do verão, e o céu estava carregado de nuvens espessas, prenunciando uma chuva passageira para logo mais. A cidade cinzenta, parecendo quase noite, contrastava com a temperatura elevada, em torno de 27 °C, revelando que o dia ainda iria longe. Sabrina, sentada no banco traseiro do carro, segurava a caixa de viagem que continha seu fiel escudeiro Teddy. Melina seguia acomodada na cadeirinha atrás do banco do motorista, enquanto Miguel sentou-se no banco dianteiro. O condutor do veículo era o Cláudio, um rapaz de aproximadamente trinta e cinco anos que trabalhava com Miguel há pelo menos oito anos. No começo, em São Paulo, depois mudou-se para Barcelona, para tomar conta do apartamento e servir de motorista para a família. Era um rapaz educado, um tanto calado, mas sempre atento a todas as necessidades de seus patrões. Sabrina tocou no ombro de Miguel por cima do encosto do banco e perguntou:

— Que dia vai começar o torneio de polo, meu amor?

Ele virou-se para trás, puxando o cinto de segurança para folgar um pouco, e respondeu:

— Na próxima quarta-feira será a estreia da nossa equipe. Espero que possamos fazer bonito e seguir em frente.

Sabrina sorriu e incentivou:

— Vocês vão fazer bonito, sim. Você treinou com seus amigos no Brasil. E dois deles estarão aqui. Acredito que farão um bom torneio.

Miguel assentiu e explicou:

— Sim. Virão três jogadores, mas o Sérgio não conseguirá jogar. Ele machucou o ombro semanas atrás e ainda não está bem. Os rapazes daqui treinam toda semana, então devem estar em forma para a partida.

Sabrina não era muito afeita a esse tipo de diversão. Gostava de assistir às partidas de tênis. Entretanto, esportes masculinos em equipe, como o futebol, ela não apreciava. Polo a cavalo, então, era uma coisa que ela não conseguia assimilar. Como eles podiam jogar montados em cavalos, empunhando bastões e empurrando uma bola em direção a um gol? Para ela parecia muito esforço, além de ser bastante perigoso. Já tinha visto acidentes com alguns jogadores e sempre alertava Miguel para o risco de acontecer uma tragédia. Ele ria quando ela falava, dizendo que praticamente tinha nascido em cima de um cavalo. Cláudio prestava atenção ao volante, mas não deixou de ouvir a conversa. Educadamente, interveio:

– Sua equipe vai fazer bonito, Sr. Miguel. Tenho certeza disso.

– Obrigado, Cláudio. Mas você é suspeito. Sempre acha que atuei bem, mesmo quando perdemos de goleada.

– Ora, mas o senhor sempre atua bem. Às vezes, a equipe não está bem treinada, e por isso acabam perdendo o jogo – respondeu ele.

Cláudio nunca perdia uma partida de polo desde a época que ainda morava em São Paulo. Como acompanhava Miguel o tempo todo, dirigindo e cuidando da logística, quando as partidas aconteciam ele era um espectador privilegiado. Sem desviar a atenção do trânsito, ele continuou:

– Na última partida, achei que faltou entrosamento da equipe e parecia que os cavalos estavam bastante agitados.

Miguel ficou surpreso com a observação dele e respondeu:

– Vejo que você aprendeu a observar os detalhes. É verdade o que está dizendo. Conversamos depois da partida, e essa foi a nossa conclusão.

Chegaram à casa e, enquanto o motorista descia as bagagens, Miguel levou Melina para o quarto, carregando-a nos braços, pois ela dormia profundamente. Maria, uma espanhola da Catalunha, beirando seus cinquenta anos, de rosto rosado, com o cabelo sempre amarrado para trás, recebeu-os derretendo de alegria. Ela trabalhava com a família há mais de três anos. Cuidava da alimentação das pessoas que ajudavam na casa e, quando a família passava uma temporada em Barcelona, ela caprichava nas receitas. Às vezes, fazia comidas típicas brasileiras, como galinhada ou feijão tropeiro, que ela fez questão de aprender para agradar os patrões. Arrastando seu sotaque bem carregado, ela disse:

– Dona Sabrina, quanto tempo a senhora não vem para cá! Estávamos com muita saudade de todos.

Sabrina retribuiu a saudação com um abraço forte:

– Olá, Maria. Já faz bastante tempo, não é? Mas agora vamos ficar por uns meses. Você vai se cansar de nós.

– Que nada! É muito bom que a senhora esteja aqui. Hoje preparei uma sopa de legumes muito gostosa, para a senhora e o senhor Miguel – informou ela.

Capítulo XXI

– Ótimo, Maria, estamos morrendo de fome. Vou tomar um banho e logo desceremos para apreciar a sua sopa – respondeu ela.

Logo depois do banho, Sabrina desceu com Miguel para a sala de jantar. Enquanto Maria aquecia a sopa, ele abriu uma garrafa de vinho tinto. Sabrina colocou uma música para tocar e brindaram à vida e à felicidade que sentiam um ao lado do outro. Maria veio servi-los, e a sopa realmente estava deliciosa. Depois de terminarem o vinho, Miguel a convidou para subirem para o quarto. Sabrina passou antes no quarto de Melina e verificou como ela estava. Seu anjinho continuava a dormir, sossegada e profundamente.

Ela já reconhecia esse comportamento. Depois de dez horas de viagem, a menina dormiria até o dia seguinte. Acordaria com fome e, depois de se alimentar, iria desenhar e olhar se todas as bonecas estavam como tinha deixado. Era muito detalhista e cuidadosa com suas coisas. Sua babá assistia à televisão deitada na cama ao lado e sorriu quando Sabrina beijou Melina e fechou a porta com cuidado. Ela pegou Teddy no colo, deu-lhe um beijo e o acomodou em sua caminha, depois seguiu para o quarto. Miguel a esperava. Ela sentou-se ao seu lado na cama e beijou seus lábios carinhosamente. Foi para o toalete, escovou o cabelo, tirou a maquiagem que tinha passado antes do jantar e voltou vestindo apenas uma calcinha branca. Miguel olhou para ela e sentiu um choque por todo o corpo.

Como era linda sua esposa!, pensou ele.

Ela se aproximou, afagou o rosto dele com as duas mãos, encostou seu corpo quente na testa dele, dizendo:

– Estou com muita saudade do meu príncipe. Será que ele está com saudade de mim?

Miguel retribuiu o carinho e respondeu:

– Sou loucamente apaixonado pela minha princesa. Não consigo tirá-la dos meus pensamentos. E também não consigo tirar os olhos dela.

Ela se jogou em cima dele:

– Então, vem cá, meu príncipe. Prove que você está com saudade mesmo.

Miguel deixou-se cair de costas na cama, trazendo Sabrina consigo. Abraçaram-se fortemente, e seus corpos se tornaram apenas um. Depois de mais de quarenta minutos de amor e paixão, estavam exaustos. Saciados e completamente apaixonados, dispensaram um novo banho e adormeceram entrelaçados, como se não quisessem se separar nunca mais.

Na manhã seguinte, acordaram por volta das dez horas. Parecia que tinham bebido a noite toda, mas, na verdade, era apenas ressaca de fuso horário. Esperaram Melina acordar para tomarem café na varanda. Era sábado, e o sol estava brilhando. Combinaram que fariam um passeio até o parque *Guell*, culminando com um almoço em algum restaurante das redondezas. Miguel pediu a Cláudio para verificar se os amigos já haviam chegado do Brasil e se os apetrechos de polo estavam organizados. Ligou também para os integrantes do time que moravam em Barcelona e, vendo que tudo estava em ordem, ficou tranquilo para a disputa do torneio.

Cláudio retornou com a informação de que os rapazes já se encontravam na cidade e que todos os equipamentos estavam em ordem. Na segunda e na terça-feira, fariam o reconhecimento do gramado e do estado físico dos cavalos para a primeira partida. Tudo estava perfeito, prenunciando uma temporada de muita paz, harmonia e felicidade para eles.

Capítulo XXII

Capítulo XXII

Na quarta-feira, a partida de polo começaria às 9h30 da manhã. Cláudio preparou as coisas de Miguel, e os dois saíram bem cedo. Às 8h, ele já estava no gramado fazendo o reconhecimento do campo. Encontrou os companheiros de equipe perto das baias dos cavalos. Enquanto checavam selas, estribos e freios, eles combinavam as jogadas para a partida que começaria logo mais. Fizeram pequenos ajustes nos equipamentos de montaria e nos tacos. Fred era o mais ansioso:

– Miguel, está animado para a partida de hoje? Acho que temos condições de competir bem nesse campeonato. O que você acha? – perguntou ele.

Trocaram um toque de motivação com os punhos fechados e ele respondeu:

– Estou muito animado, cara. Os cavalos estão bem alimentados e descansados, então acho que podemos fazer uma boa apresentação. Vai depender basicamente da nossa concentração no jogo.

O colega concordou, acenando positivamente com a cabeça. Eles tinham muita confiança na liderança de Miguel.

Sabrina chegou nesse momento, acompanhada de Melina. Cláudio havia voltado para buscá-las. Ela vestia uma calça de linho azul, bastante confortável. Completava com uma blusa leve, de tecido cinza-claro, com desenhos florais roxos, como se fossem cachos de flores de lavanda. O cabelo, amarrado com uma fita amarela, dava um estilo casual para a manhã ensolarada. Melina vestia um conjunto de saia vermelha e blusinha branca, com um pequeno chapéu enfeitando a cabeça. O tênis rosa, com detalhes da *Minnie*, e a meia de cano longo, subindo até a metade da canela, completavam o *look* para a ocasião. Acenaram para Miguel e dirigiram-se para um local reservado na arquibancada do campo. Ele veio encontrá-las já com o uniforme de seu time. Aproximou-se delas segurando o capacete em uma das mãos e o taco na outra.

– Olá, meu amor. Como você está bonito nesse uniforme. Torceremos muito pelo seu time – disse Sabrina.

Ele pegou a filha nos braços e disse:

– Obrigado, minha princesa. Fico feliz de vocês estarem aqui. O tempo está perfeito, e acho que vai ser um bom jogo.

Melina segurou o taco e perguntou:

– Papai, para que você tem essa vara? É para bater nos cavalos?

Miguel abriu um largo sorriso e respondeu:

– Não é para bater nos cavalos, queridinha. Isso se chama taco e serve para empurrar a bola para o gol.

A impressão era de que Melina não estava entendo nada daquele esporte.

– Mas a bola não é chutada com o pé? – perguntou.

Ele virou-se para Sabrina e sorriu. Realmente ela era muito esperta. Tentou ser mais didático:

– Querida, em outro jogo, realmente a bola é movida com os pés, mas isso acontece no futebol. Neste jogo aqui também temos uma bola e um gol, mas é uma bola pequena, que é jogada com esse taco. E jogamos montados em cavalos – explicou.

Melina estava mais interessada em olhar os cavalos que saíam das baias, puxados pelos seus donos, do que nas explicações que ouvia. Ela concordou. Apontou o cavalo que Cláudio segurava pelas rédeas e perguntou:

– Tá bom, papai. Depois posso montar no seu cavalo?

– Sim, Mel. Depois vamos marcar um dia para você montar no meu cavalo – prometeu ele.

Despediu-se da filha e da esposa e dirigiu-se para o centro do gramado. Claudio entregou-lhe as rédeas do cavalo e postou-se perto do local em que elas estavam acomodadas.

– Dona Sabrina, qualquer coisa que a senhora precisar, estou às ordens. Se quiser uma água, uma quitanda, posso buscar para a senhora. Alguma coisa para o Teddy também, é só falar – disse ele.

– Obrigada, Cláudio. Eu trouxe água e algumas guloseimas. Acho que não vamos precisar de nada. O Teddy já fez a refeição dele, está tudo bem – respondeu ela.

O jogo teve início exatamente às 9h45, com os times posicionados de cada lado do campo. Miguel usava camisa branca, com detalhes em vermelho e o número 2 estampado nas costas, indicando sua posição de atacante.

Uma partida de polo é dividida em períodos de sete minutos e meio, chamados de *chukkas*, e a duração total varia dependendo da quantidade de *chukkas*, que podem ser de quatro a seis conforme o nível do jogo. No jogo do campeonato de Miguel, o número de períodos seria de quatro *chukkas*, por se tratar da partida de abertura do campeonato. Os cavalos seriam

Capítulo XXII

trocados nos intervalos, pois o regulamento do polo exigia a troca a cada período e só permitia que o mesmo cavalo participasse de duas *chukkas*. A cada período de sete minutos e meio, havia uma parada de três minutos e, na metade do jogo, um intervalo de cinco minutos.

Uma característica marcante do polo é que as equipes devem trocar de lado, e consequentemente de baliza, a cada gol que marcam, para que nenhuma equipe seja beneficiada pelo estado do campo. O jogo seguia muito disputado, e cada equipe se empenhava ao máximo para conseguir superar a outra. No fim, a equipe de Miguel venceu o jogo por dois a um, e eles saíram para comemorar, já pensando na próxima partida. Durante o almoço no restaurante, Sabrina disse:

– Meu amor, você foi sensacional, mas por duas vezes achei que fosse sofrer um acidente. Fico muito tensa com essas partidas e acho que toda hora alguém vai cair do cavalo.

Miguel sorriu para ela. Quem não estava acostumado com o esporte imaginava que era muito perigoso e com grandes riscos de acidente. Em certos momentos isso até poderia acontecer, apesar de poucos terem consequências graves. Já existiram casos de traumas irrecuperáveis em acidentes de polo. No entanto ele minimizou:

– Realmente, houve um choque bastante forte e quase me desequilibrei, mas foi tudo bem. Aliás, a falta que o outro jogador fez naquele lance deu origem ao gol da vitória – explicou ele.

Melina observava com atenção a conversa deles. Puxou o braço de Miguel e perguntou:

– Papai, vocês ganharam o jogo, não foi?

Miguel sorriu para ela, afirmando:

– Sim, Mel, ganhamos. Agora vamos para a próxima partida e queremos ganhar novamente.

Ela sorriu e voltou-se a entreter com o cabelo da pequena boneca que tinha nas mãos. Brindaram ao resultado do jogo e fizeram muitas projeções para a próxima partida. Os colegas de Miguel estavam bastante animados com o resultado obtido e acreditavam que tinham chances reais de seguir em frente no campeonato.

Na segunda partida, marcada para a sexta-feira no período da manhã, os jogadores estavam bastante ansiosos. Quando o juiz deu início à disputa, o jogo começou bastante acirrado. Os participantes de cada time demonstravam grande nervosismo e, na maioria das vezes, não acertavam os passes, nem o caminho do gol. Miguel tentava de todas as formas melhorar o aproveitamento, mas a equipe adversária estava muito bem colocada. Na terceira *chukka,* os adversários abriram o placar, deixando Miguel e seus companheiros mais nervosos ainda. Empataram em uma jogada bastante disputada, mas logo em seguida sofreram outro gol.

Na última *chukka,* com o jogo em dois a um para o outro time, Miguel atacava pelo lado direito do campo quando um jogador adversário avançou com seu cavalo para barrar o ataque. Ele previu o choque, tentou firmar as rédeas, mas a condução da bola deixava seu corpo em balanço. Não houve como evitar. Os cavalos chocaram-se entre as patas dianteiras e o pescoço, e Miguel desequilibrou-se, caindo no chão de forma bastante violenta. Na queda, ele girou o corpo no ar, bateu com a cabeça e ficou no chão desacordado.

A ambulância chegou em menos de três minutos. Fizeram o primeiro atendimento, imobilizando-o, e decidiram levá-lo para uma avaliação mais adequada. Sabrina ficou desesperada, sem entender a gravidade do que tinha acontecido.

Chamou Cláudio, pegaram o carro e seguiram a ambulância para acompanhar o atendimento na emergência do hospital.

Capítulo XXIII

Capítulo XXIII

O hospital para onde Miguel foi levado era referência em tratamento de traumatismo craniano e outras especialidades. Contava com excelente estrutura e uma equipe médica de primeira qualidade.

As primeiras avaliações constataram que a pancada na cabeça havia sido bastante forte, porém sem maiores danos. Ele não conseguiria jogar o restante do campeonato, pois apesar de a consequência da queda não ter sido tão grave, teriam que fazer exames mais detalhados para avaliar possíveis traumas internos. Ele ficou internado por 24 horas, fazendo exames e aguardando o resultado das avaliações. Já no quarto, Sabrina disse, aliviada:

– Que susto você me deu, meu amor. Quando vi que você não se mexia, temi pelo pior – disse ela, com os olhos molhados.

Meio sonolento, ele respondeu:

– Eu nem percebi a pancada. Apenas senti a aproximação do cavalo e, quando acordei, já estava na ambulância.

Sabrina explicou a orientação dos médicos:

– O chefe da equipe do hospital disse que a pancada não foi tão grave. Só que você não vai poder jogar as outras partidas. Querem fazer alguns exames de imagem.

– Uma pena que não vou poder jogar, mas o pessoal vai levar o campeonato adiante. Tenho que cuidar da saúde em primeiro lugar – concordou ele.

Sabrina tentou consolá-lo. Acariciando seu cabelo, disse:

– Outros campeonatos virão, meu amor. E você vai poder jogar muito melhor.

Ele respondeu, bem-humorado:

– Claro. O mundo não acabou, apenas caí do cavalo.

– Você está se sentindo bem? – perguntou ela.

Miguel respondeu:

– Apenas com uma leve dor de cabeça que não passa, mesmo com todos esses remédios que já me aplicaram. Eu não queria falar antes, mas já tem uns dias, talvez duas semanas, que estou sentindo essa dor de cabeça. Às vezes fico tonto, mas logo passa, então achei que fosse apenas um mal-estar sem importância.

Sabrina se surpreendeu com essa informação e o repreendeu:

– Como você é teimoso! Deveria ter me falado. A gente teria procurado um médico no Brasil para descobrir o que está acontecendo com você.

Ele concordou:

— Eu deveria ter falado mesmo. Mas achei que fosse passar logo, então não quis incomodar. Agora vamos descobrir do que se trata.

Miguel atendeu à solicitação do médico, fazendo uma ressonância magnética e uma bateria de exames de sangue. Assim que terminaram os procedimentos, eles foram para a casa. Ele deveria ficar de repouso por três dias, tomar alguns comprimidos caso sentisse dores e aguardar os resultados. Os dias de inatividade foram um martírio para ele. As horas não passavam. Ele só queria saber notícias dos jogos, se o seu time tinha conseguido se classificar, e Sabrina lutava para deixá-lo o mais tranquilo possível.

A equipe não conseguiu seguir para a etapa seguinte do torneio. Os jogadores sentiram a ausência de seu principal atacante, além disso, o acidente havia desestabilizado emocionalmente os atletas. Após a última partida, os amigos foram até a casa de Miguel para visitá-lo e saber notícias de seu estado de saúde. Aqueles que vieram do Brasil partiriam nos próximos dias, ficando a esperança de classificação em outra oportunidade.

Miguel voltou ao hospital na semana seguinte. Sabrina o acompanhava e, quando entraram no consultório, o médico estava bastante sério. Dava a impressão de que algo não estava bem. Ela esperou que o médico falasse alguma coisa. Após alguns segundos, ele começou:

— Bom dia. Os exames não detectaram nenhuma lesão que possa prejudicar a parte neurológica. Definitivamente, a pancada não trouxe nenhum trauma específico.

Miguel era bastante direto em tratar as coisas, por isso perguntou rapidamente:

— Mas parece que o senhor está preocupado com alguma coisa, doutor.

O médico falou com ar circunspecto:

— Sim. Precisamos investigar um fato novo. Os exames detectaram uma inconformidade que ainda não podemos dizer do que se trata, sendo necessário nos aprofundarmos um pouco mais.

Miguel arqueou as sobrancelhas, perguntando:

— Como assim, uma inconformidade? O que isso quer dizer especificamente?

O médico respirou fundo, olhou para Sabrina, depois para Miguel e explicou detalhadamente:

Capítulo XXIII

— Apareceu um tumor nas imagens. Não sabemos do que se trata, mas é algo que precisamos investigar, como já disse. O abcesso tem o tamanho aproximado de um limão. Deve estar pressionando sua cabeça, causando mal-estar e dor. É imprescindível fazermos uma biópsia para detectar a gravidade do problema.

Sabrina levou um choque. Seu sangue paralisou nas veias. Não sabia o que falar. Começou a chorar, sem saber o que fazer. Com os olhos marejados, ela perguntou:

— Como assim, doutor? Miguel nunca teve doença alguma. Como pode ter um tumor dessa magnitude? O que pode ser isso?

O médico retrucou:

— Não sabemos ainda. Não estávamos buscando isso. A imagem apenas detectou o tumor. Agora vamos investigar para saber do que se trata. Esperamos que não seja nada grave.

Miguel ouvia as explicações e como não disse nada, o médico continuou:

— Às vezes, esses tumores aparecem e podem ficar adormecidos por anos no organismo. No início, o desenvolvimento é quase imperceptível, mas com o tempo, começam a incomodar, trazendo diversos sintomas como dor de cabeça, náuseas, tonturas e sonolência.

Enquanto ouvia o médico, Miguel percebia um certo cuidado em sua maneira de falar. A impressão era de que ele já sabia do que se tratava e procurava ser diplomático. Essas coisas mais graves eram sempre complicadas de se dizer às pessoas. Lembrou-se de que há tempos sentia vários dos sintomas descritos, principalmente o mal-estar e as tonturas. A princípio, imaginou que seriam distúrbios causados por fuso horário ou alimentação devido aos longos voos que costumava fazer. Ultimamente, começou a ficar preocupado por causa da constância das dores, mas nunca imaginou algo dessa proporção.

Levantou-se e perguntou francamente:

— Doutor, o senhor já tem uma ideia do que se trata. Estou certo?

— Sinceramente, não temos certeza. Trata-se de um tumor que deve estar pressionando seu cérebro. Precisamos fazer uma biópsia para saber qual a gravidade. Qualquer coisa que eu antecipasse agora, estaria sendo irresponsável. Como disse, precisamos investigar — repetiu o médico.

— Então, como vamos proceder? – perguntou ele.

— Queremos interná-lo amanhã para colher uma amostra do material e submeter a uma biópsia.

— Para mim está bem, doutor. A que horas será feito o procedimento?

— Espero vocês aqui às sete horas da manhã. Deixarei tudo preparado para a coleta do material necessário para biópsia – respondeu o médico.

Seguiram para casa, e Miguel procurou descansar – o que parecia impossível –, para, na manhã seguinte, submeter-se ao exame programado. Sabrina passou a noite em claro e, no no outro dia, voltaram para o hospital.

Os exames detectaram um tumor intracraniano, de grau 4, com diâmetro aproximado de dez centímetros, o que correspondia ao tamanho de um limão grande. A biópsia concluiu que o tumor era maligno, de crescimento muito agressivo. Isso era o que estava provocando as dores de cabeça em Miguel e o mal-estar constante que ele sentia ultimamente. O médico os recebeu no consultório, acompanhado de outro colega, e começou:

— O doutor Gabriel é o oncologista-chefe do hospital e vai explicar a vocês os detalhes do achado.

O médico ligou uma luz forte em uma tela na parede, com a projeção de uma imagem do cérebro, onde se via uma mancha vermelha mais destacada na região do lobo frontal. Com uma pequena lanterna, ele direcionou o foco de luz para o local realçado na imagem, explicando em seguida:

— O tumor é um glioblastoma multiforme, também conhecido como gliobastoma e astrocitoma grau IV. Ele surge no próprio cérebro, mais especificamente dos astrócitos, que são as células responsáveis por algumas funções desta área nobre do ser humano. Quando um tumor tem sua origem definida pelos astrócitos, diz-se que é um astrocitoma. Um gliobastoma é um tipo de astrocitoma, e seu grau de malignidade é o mais avançado, o grau IV, ou seja, é extremamente agressivo. É mais frequente em adultos entre trinta e cinco e setenta anos de idade, mas não é incomum ocorrer em outras idades.

Ele parou de falar, virou-se para o casal e vendo que eles aguardavam, continuou:

Capítulo XXIII

— O grande problema desse tipo de tumor é o seu rápido crescimento, e mesmo após a cirurgia, um novo aumento pode acontecer. Além disso, há infiltração de células tumorais isoladas no tecido cerebral aparentemente normal, a sete centímetros de profundidade, além da periferia da lesão. Mesmo que a operação remova todo o tecido neoplásico, o restante infiltrado do tecido, ou mínimo residual local, é capaz de se multiplicar e, dependendo do caso, voltar ao tamanho inicial em poucos meses.

O médico retomou a palavra, agradeceu a explicação do doutor Gabriel, e disse:

— Vocês podem estar assustados pela linguagem médica adotada, mas o fato principal é o seguinte: a medicina tem recursos para fazer o melhor possível, entretanto, muitos fatores podem influenciar no resultado. A indicação é fazer uma cirurgia, que é extremamente arriscada, e que também pode não resultar na resolução do problema definitivamente.

Miguel e Sabrina receberam a informação do médico, e seus pés voaram do chão. Não tinham a menor noção de como reagir a uma notícia tão devastadora. Esperavam construir uma vida inteira juntos. Tinham uma filha maravilhosa, eram jovens e com toda a energia para viver. De repente, todos esses sonhos seriam interrompidos de forma abrupta.

Não sabiam o que falar e muito menos o que fazer. Despediram-se do médico dizendo que tomariam uma decisão em poucos dias. Cláudio abriu a porta do carro, eles entraram e seguiram para a casa sem dizer uma palavra. Estavam absortos em pensamentos. Ele com o olhar perdido no infinito. Ela chorando em silêncio. Nada do que estava acontecendo fazia sentido para eles.

Miguel ligou para sua mãe e relatou a conversa com o médico. Ela começou a chorar, e ele teve de consolá-la. Falou com seu irmão e depois se recolheu em seu quarto. Sabrina foi junto. Não conseguia esconder a tristeza que sentia, entretanto procurou demonstrar força e coragem para enfrentar o problema.

Sabia que Miguel precisava desse apoio nesse momento tão delicado. Acariciando suas mãos, ela disse:

— Precisamos de uma segunda opinião, amor. Não podemos concordar com o primeiro diagnóstico dado.

Miguel aquiesceu:

– Sim, concordo. Tem aquele médico em Cleveland que tratou do papai. Ele é cardiologista, mas tem vários amigos em outras áreas. Deve conhecer algum especialista nesse assunto.

– Amanhã você vai ligar para ele e marcar uma consulta. Precisamos verificar a gravidade desse problema – disse Sabrina.

Na manhã seguinte, Miguel ligou para o médico que tratou de seu pai nos Estados Unidos e marcou uma consulta para a próxima semana. Iria direto de Barcelona para Cleveland, pois com isso adiantaria as providências diante do diagnóstico caso fosse confirmado.

Capítulo XXIV

Capítulo XXIV

A consulta em Cleveland não trouxe um resultado diferente daquele recebido em Barcelona. O médico que tratou do pai de Miguel o encaminhou a um renomado especialista em câncer cerebral, e o diagnóstico foi o mesmo – o mais cruel possível. O tumor era um carcinoma de grau 4, e o crescimento era dos mais agressivos. Nada que eles já não soubessem. Poderiam fazer uma cirurgia dentro de algumas semanas para a retirada do tumor, porém nada garantia a cura. A operação poderia causar uma sequela neurológica bastante grave, como a perda da fala, dos movimentos e até a morte. Depois da cirurgia, o tratamento deveria ser à base de quimioterapia, procedimento que causava terríveis sintomas, como dores, náuseas, perda de peso, de cabelo e insônia. Poderia ser necessária também a aplicação de radioterapia, na tentativa de eliminar as células doentes que ainda restassem.

De qualquer forma, não poderiam ficar parados. Eles voltaram a São Paulo, onde Miguel reuniu a família e explicou a situação trágica em que se encontrava. Comunicou que sua decisão seria pela cirurgia, então teria que começar a tomar os remédios imediatamente e, dentro de algumas semanas, viajaria para os Estados Unidos para realizar o procedimento determinado.

Solicitou uma reunião do conselho da companhia, que seu irmão tratou de convocar, e detalhou a todos os sócios e diretores a situação real de sua saúde. Desde o falecimento de seu pai, ele havia assumido a presidência da companhia. Na reunião, comunicou que passaria o comando da empresa para o irmão e que os advogados tratariam dos detalhes posteriormente. Depois do encontro, chamou o advogado sênior, que tratava de seus assuntos particulares, para uma conversa.

– Doutor José Inácio, o senhor conhece todos os pormenores da companhia, pois está aqui há mais de trinta anos. Eu não estou contando com a morte, mas precisamos estar preparados para tudo. Eu sei que a empresa está em ordem, o conselho tem os anteparos de gestão, além disso, tenho plena confiança no meu irmão. Entretanto quero deixar resolvida a situação de minha esposa e de minha filha, pois não sabemos o que irá acontecer.

O advogado o escutava atentamente, anotando em uma agenda. Emocionado, respondeu:

– Miguel, pode contar comigo para o que precisar. Farei tudo o que você pedir e determinar.

Miguel continuou:

– Eu quero que o senhor compre aquele chalé que Sabrina disse gostar muito, em Ilha Bela. Ela já me falou dele diversas vezes. Parece que é de um casal de idosos, tios do ex-namorado dela. Eu já deveria ter feito isso, mas fui protelando. Agora, quero que o senhor o compre, com a escritura em nome dela. Não deixe de providenciar uma boa reforma no lugar se necessário. Apenas procure manter a originalidade – orientou.

– Pode ficar sossegado, providenciarei tudo imediatamente como o senhor deseja – disse o advogado.

Miguel olhou para ele como se não o escutasse de verdade. Voltou a se concentrar no assunto e continuou:

– Quero providenciar um testamento para o caso de acontecer o pior. Como elas não são sócias da companhia, apenas minha filha tem direito à herança. Esses cuidados as deixarão protegidas caso aconteça algo comigo. O senhor sabe que nos casamos com separação total de bens.

– Eu sei, Miguel. Essa é uma das cláusulas pétreas da companhia. Todo sócio, ao se casar, tem que optar pelo regime de separação total de bens.

– Espero que no máximo em quinze dias o senhor possa ter essas coisas finalizadas – exigiu ele.

O advogado assentiu, concordando:

– É tempo suficiente para que tudo seja feito, e nada fique para depois – disse.

Miguel chegou em casa e contou para Sabrina sobre as decisões tomadas na empresa. Tinha convicção de que seu irmão tocaria as coisas de forma adequada. Estava preparado para isso. Ele trabalhava na companhia desde que voltara do mestrado nos Estados Unidos e conhecia com profundidade os negócios em que atuavam. Não possuía a mesma pegada comercial de Miguel, mas a companhia tinha porte para se mover sem grandes sobressaltos no mercado.

Não falou nada sobre as providências tomadas com relação à família. Ele não estava pensando em morrer, mas, como homem de negócios, entendia a gravidade do que estava por vir. Entretanto, falar disso agora só serviria para piorar a situação. Se acontecesse algo, tudo já estaria resolvido, e Sabrina descobriria depois. Do contrário, se a doença fosse domada e tudo voltasse ao normal, ficaria a demonstração de apreço e do cuidado tomado por ele em um momento tão delicado como esse.

Capítulo XXIV

A cirurgia durou onze horas, com as equipes se revezando em uma sincronia surreal. Nada deixou de ser feito a tempo. Os médicos retiraram o tumor, fizeram toda a assepsia necessária e finalizaram com a sutura da parte do crânio que foi aberta, deixando uma bandagem leve protegendo o local. Deveriam esperar as próximas quarenta e oito horas para avaliar as sequelas inerentes ao procedimento. Do ponto de vista médico, acreditavam que não haveria nenhuma intercorrência grave que viesse a comprometer o funcionamento de órgãos vitais. A maior preocupação agora era com a recuperação do paciente. Depois, a segunda fase do tratamento seria a aplicação de quimioterapia, para tentar a eliminação de tecidos afetados pelo tumor. Assim que o procedimento terminou, o cirurgião-chefe foi até a sala de espera para conversar com Sabrina.

– A cirurgia ocorreu de forma tranquila e, para nós, foi bem-sucedida – disse ele.

Ela agradeceu com lágrimas nos olhos:

– Que maravilha, doutor. Espero que Miguel possa se recuperar logo. Muito obrigada ao senhor e a toda equipe que ajudou nos procedimentos. Somente Deus pode recompensar vocês.

O médico explicou:

– Precisaremos esperar pelas próximas quarenta e oito horas. É o tempo necessário para o organismo reagir naturalmente. Somente depois desse intervalo poderemos avaliar como ele se comportará.

Sabrina concordou:

– Sim, eu sei. Mas tenho esperanças de que tudo irá correr bem. Deus é grande, *Ele* colocará suas mãos sobre nós. Muito obrigada, mais uma vez, doutor.

O médico era um senhor de mais de sessenta anos e já vira muitas vidas serem despedaçadas por doenças. Imaginando a dor que ela sentia, ele tentou confortá-la:

– É verdade, senhora. Deus é grande, e tudo sairá conforme Seus desígnios. É preciso ter fé e acreditar.

Sabrina entrou na sala de estabilização, onde Miguel aguardava a transferência para o apartamento. Ele dormia, ainda sob efeito da anestesia geral, e não percebeu que ela segurava sua mão. Beijou a testa dele com carinho. A cabeça, envolta pela bandagem branca, contrastava com sua pele morena e a sobrancelha espessa. Ela chorou em silêncio. As lágrimas desceram pela face, e seus olhos azuis ficaram avermelhados. Ela não podia acreditar que aquele homem tão forte, tão resoluto, o amor de sua vida, estava ali, naquele estado, totalmente indefeso. Deitado em uma cama, sem nenhuma condição para decidir seu destino. *Como a vida era ingrata,* pensava ela. Quando tudo parecia um mar de rosas, uma doença inesperada, sem nenhuma razão de ser, chegava para destruir seus sonhos e suas vidas. Era muito cruel, ela não podia aceitar...

Capítulo XXV

Capítulo XXV

As ondas, ao quebrar nas pedras, faziam um barulho constante. O vai e vém das águas coalhava a superfície de bolhas brancas e transparentes. A pequena praia estava deserta, o sol descia rapidamente rumo ao horizonte, deixando um vermelho forte, com algumas nuvens esparsas formando um mosaico interessante. As últimas gaivotas voavam sobre as ondas enquanto outras já se agasalhavam em bandos pelos galhos das ramagens litorâneas.

Miguel estava sentado em uma cadeira confortável, olhando a paisagem à sua frente. Sabrina, ao seu lado, segurava Teddy no colo e acariciava sua mão. Um pouco mais adiante, Melina brincava com um balde e uma pequena colher de plástico, fazendo construções na areia molhada. Cada vez que a onda chegava mais perto, as águas passavam pelo pequeno amontoado que ela imaginava ser um castelo. Desmanchavam tudo, e ela recomeçava pacientemente. Ao seu lado, a babá ajudava a consertar o estrago feito pelas ondas revoltas.

Sabrina olhou para as mãos de Miguel. Antes fortes, agora estavam debilitadas e frágeis. Com carinho, ela perguntou:

– Você não quer ir para dentro, meu amor? Já está ficando tarde e o tempo vai esfriar.

Ele não desviou o olhar do infinito. Ao longe, uma jangada passava com dois pescadores a bordo. Sua vela branca triangular seguia a direção do vento. Miguel imaginava a perícia daqueles tripulantes para fazerem uma embarcação tão pequena enfrentar um mar tão grande e revolto. *Cada qual com suas competências, para seguir os caminhos que a vida desenhava*, concluiu. Por fim, respondeu:

– Brina, se você não se importar, gostaria de ficar um pouco mais aqui. Apreciar o sol se pôr no horizonte.

Ela concordou:

– Não me importo, podemos ficar um pouco mais. A Mel está gostando de brincar na areia.

Fazia três meses que eles estavam na casa de Ilha Bela. Na véspera da viagem para os Estados Unidos, Miguel contou para Sabrina que havia comprado o chalé. Ela falava tanto daquele local, que era um paraíso, que no começo achava que ele ficara enciumado. Quando ele contou da compra, ela primeiro ficou surpresa, depois agradeceu. Contratou uma arquiteta para reformar alguns ambientes, encomendou uma pintura geral, replantou os jardins, trocou alguns móveis e cortinas. O local ficou como ela sempre desejara. Simples, charmoso e aconchegante.

Ao voltar dos Estados Unidos, Miguel quis ficar lá para se recuperar da cirurgia. Seu tratamento de quimioterapia exigia cuidados especiais com alimentação e repouso. A cada duas semanas eles se deslocavam de helicóptero para São Paulo, para que ele pudesse fazer as aplicações. Depois de iniciar as sessões de quimio, seu cabelo começara a cair, então ele optou por raspar a cabeça completamente. Passou a usar um boné, parecendo um turista de férias. Melina gostava de passar a mão na cabeça raspada e, de vez em quando, tascava um beijo carinhoso na sua careca.

Olhando para a filha que brincava na areia, tão inocente e pura, Miguel imaginava que não teria o privilégio de vê-la moça, de ajudá-la nos seus momentos de fraqueza e indecisão, quando ela deveria decidir que caminho tomar ou que estrada seguir. No entanto confiava que, pelo pouco tempo em que conviveriam, ela pudesse se lembrar dele, do quanto ele a amava e desejava que ela fosse feliz. Com certeza, Sabrina contaria para ela como fora querida e como sua chegada havia tornado a vida deles mais completa e feliz.

Depois de um silêncio prolongado, quebrado pelo barulho constante das ondas, ele voltou-se para Sabrina e disse:

– Você tinha razão quanto a esse lugar. Aqui tem uma energia especial. A gente não consegue decifrar o que é, mas dá para sentir uma carga emocional diferente.

Sabrina concordou, e disse:

– Eu sinto isso desde que vim aqui pela primeira vez. Não sei se é por causa da vegetação ou das ondas batendo nas pedras. Mas existe uma vibração diferente aqui.

Ele continuava apreciando os últimos minutos daquele dia que terminava e comentou:

– Já faz quase três meses que estamos aqui, e não tenho vontade de ir embora.

Sabrina sorriu e disse para ele:

– Por mim, eu moraria aqui para sempre. Esse lugar é mágico.

O céu escureceu com rapidez, e as estrelas começaram a aparecer. Bem distante, uma lua crescente dava o ar da graça. Um pouco tímida, parecia um pequeno arco partido ao meio com a parte côncava virada para cima. Sabrina olhou para seu esposo, sentindo uma dor profunda no coração.

Capítulo XXV

Como gostaria de trocar de lugar com ele ou ao menos dar-lhe um pouco mais de conforto e de esperança.

– Como você está se sentindo, amor? Acha que o tratamento está progredindo? – perguntou ela.

– Estou me sentindo bem. Apenas os dois dias após as sessões são dramáticos. A garganta fica seca, muitas náuseas e essa fraqueza terrível.

Ela sabia que o tratamento não estava evoluindo. Miguel também tinha consciência dessa situação, mas não dava o braço a torcer, precisava se mostrar forte. Os médicos que o acompanhavam disseram que a cirurgia que retirara o tumor havia sido bem-sucedida, no entanto os tratamentos complementares é que consolidariam o resultado. Iniciaram a quimioterapia e logo depois a aplicação radioterápica para tentar eliminar as células cancerosas. Porém, a cada exame que faziam, a recidiva estava presente. E sempre em lugares diferentes.

Miguel já sentia alguns membros afetados. Tinha dificuldade para segurar objetos que, às vezes, caíam de suas mãos. A memória também não estava totalmente confiável. Seu estado geral era muito preocupante. Havia emagrecido muito e agora pesava em torno de 62 quilos. Vinte a menos que o seu peso normal. Quem o via nessa situação jamais imaginaria que ele era um rapaz atlético, desportista, pronto para grandes aventuras e desafios. Levantou-se com dificuldade, segurando nas bordas da cadeira. Sabrina envolveu os braços em sua cintura e caminharam em direção à casa. Ele agradeceu a ajuda, sorrindo para ela:

– Vamos entrar, querida. O tempo está ficando frio.

Demoraram uma eternidade para vencer os quinhentos metros que separava a casa da praia. Ela pensava em como arranjaria forças para enfrentar esse calvário. Miguel não dava demonstração de melhora, e ela não tinha o direito de fraquejar. Chegando em casa, sua mãe os recebeu com alegria:

– Sabrina, preparei uma sopa de legumes para o jantar. Tenho certeza de que vão adorar.

– Obrigada, mamãe. Você é um anjo.

Miguel não disse nada. Não estava sentindo-se muito bem. A fragilidade causada pela doença o deixava irritado, então ele achava que muitas coisas eram feitas apenas para agradá-lo. Segurou no corrimão da escada e, olhando para Sabrina, disse:

– Eu vou subir para tomar um banho. Estou sem apetite, talvez não desça para o jantar.

Sabrina não falou nada. Ele estava impaciente, e ela entendia as suas razões. As dores, o mal-estar e o cansaço físico o incomodavam o tempo todo. Subiu com ele até o quarto, voltando em seguida para a sala. Renata estava na casa de praia com eles há duas semanas. Fazia tudo para agradar e ser útil nesta fase tão difícil que eles estavam passando e muitas vezes não sabia como proceder. Era uma situação muito delicada. Assim que Sabrina retornou, ela foi ao seu encontro, dizendo:

– Parece que o Miguel não gostou quando eu disse que tinha feito uma sopa para vocês.

– Não é isso, mamãe. Hoje ele está um pouco nervoso. Passou o dia todo calado e quase não comeu nada. Depois eu levo um pouco para ele no quarto. Obrigada por se preocupar – disse Sabrina.

– Imagina, minha filha. Estou aqui para ajudar. Só não quero ser um estorvo. Se eu estiver incomodando, me fale que volto para São Paulo – retrucou ela.

– Nada disso, mamãe, você não incomoda. Estou feliz por você estar aqui. Sua presença é reconfortante. E a Mel adora sua companhia. Obrigada, mesmo! – respondeu ela.

Renata não disse mais nada. Admirava a força e a maturidade de Sabrina, que enfrentava essa provação que a vida lhe trazia com esperança e fé. Quantas vezes encontrara a filha chorando silenciosamente no quarto, no quintal, sempre disfarçando quando Miguel chegava perto. Era um sofrimento indescritível, e só Deus poderia dar a força necessária para seguir em frente.

Um mês depois, durante uma sessão de quimioterapia, Miguel sentiu-se mal e foi internado no hospital em São Paulo. Antes do fim do procedimento, ele sentiu falta de ar e palpitação. Os médicos o atenderam prontamente e constataram o princípio de uma parada respiratória. Conseguiram estabilizar o quadro, mas ele precisou ficar em tratamento intensivo. O estado geral dele piorava visivelmente. Sabrina não arredou o pé do hospital e ficava cada vez mais debilitada. Já emagrecera 8 quilos, o que para ela representava um baque e tanto. Sentada na cadeira, ao lado da cama, ela procurava incentivar Miguel.

Capítulo XXV

– Você precisa se alimentar direito, amor. Trouxe uma sopa para você. Está muito gostosa. Eu mesma preparei – disse ela.

– Olha que cozinheira linda. Vou comer tudo direitinho, para ficar forte e saudável – respondeu ele.

Ele tentou comer, mas não passou de duas colheradas. Não conseguia se alimentar de forma natural. Os nutrientes de que precisava estavam sendo administrados por sonda. Sabrina deixou a vasilha na mesa, ao lado da cama, e abraçou o marido. Seus olhos marejaram, e ela chorou em silêncio. As lágrimas que caíam demonstravam a tamanha dor que sentia. Miguel passou a mão pelo seu cabelo, e disse:

– Não chore, minha princesa. Se estamos passando por isso, é porque estava escrito. Tudo que era possível nós já fizemos. E se for preciso, faremos mais – disse ele, resignado.

Ela não se conformava:

– Mas isso não é justo. Não pode estar acontecendo conosco. Que mal fizemos para merecer isso?

Ele demonstrou uma resiliência impressionante:

– Não fizemos nada de mal, amor. E não estamos *merecendo* isso. Muitas pessoas no mundo inteiro padecem de males parecidos, talvez até maiores. Você precisa ser forte. Eu sinto cada vez mais que está chegando a minha hora. É duro dizer isso, mas percebo que as minhas forças estão se esvaindo. Não poderei suportar por muito tempo mais. Preciso que você seja forte!

Sabrina não conteve o soluço. Abraçou Miguel com mais força ainda, apertando-o contra seu peito. Parecia não querer soltá-lo.

– Não diga isso, meu amor. Nós vamos conseguir vencer essa doença. Você vai sair daqui bom e com saúde. Como eu vou viver sem você?

Miguel falou, escolhendo as palavras com cuidado, para não assustá-la:

– Eu estou tentando, querida, mas precisamos ser realistas. Não sinto melhoras no tratamento. Eu já tomei todas as providências para que você e a Mel fiquem bem se algo me acontecer.

– Não quero falar disso agora, nada vai acontecer – retrucou ela.

Miguel não insistiu. Já tinha dado o recado que queria. Não havia dito nada para ela sobre as providências patrimoniais e financeiras que havia determinado ao advogado. Acaso viesse a acontecer algo pior, ele sabia que tanto ela como Melina estariam protegidas. Olhando para ela, sentia a profundidade da dor que ela experimentava. Com o olhar umedecido de lágrimas, ele pediu:

– Brina, eu sei que não é o mais adequado, mas eu gostaria que você trouxesse a Mel aqui para eu falar com ela. Você pode fazer isso?

– Sim, meu amor. À tarde vou trazê-la para você – respondeu ela.

No fim da tarde, Sabrina chegou com a filha ao hospital. Abriu a porta do apartamento e, quando a menina viu o pai, correu em direção a ele, tentando subir na cama. Miguel não conseguiu segurar as lágrimas. Sabrina ajudou a filha a subir, e ela se deitou ao lado do pai. Miguel usava um aparelho que auxiliava a respiração pelas narinas. Ela quis saber o que era aquilo:

– Papai, por que você está com essa mangueira no nariz? Esse troço dói? – perguntou.

– Isso ajuda a respirar, minha filha. Se tirar essa coisa, o papai fica com falta de ar – respondeu ele.

– É como aquele negócio que eu uso para mergulhar quando estou fazendo natação, não é papai? – perguntou ela.

– É mais ou menos isso – respondeu ele.

Era muito bom ter a filha assim tão perto. Como era linda a sua garotinha. Quantas vezes sonhara em acompanhá-la durante toda a vida, apoiar suas decisões e contribuir com sua experiência e seu amor para o crescimento dela. Mas, agora, ele tinha consciência de que isso não seria possível. Passando as mãos no queixo dele, Melina perguntou:

– Papai, quando você vai para casa?

O coração dele despedaçava a cada palavra dela. Como responder a essa pergunta? Era muito doloroso admitir que ele jamais voltaria para o convívio familiar. No entanto precisava ser forte para enfrentar esse último desafio.

– Logo o papai vai estar em casa, minha querida. Não se preocupe que tudo vai se resolver – respondeu ele.

Em um canto do quarto Sabrina assistia àquela cena e chorava em silêncio. Jamais iria esquecer aquele momento. Um anjo inocente, com suas esperanças e sonhos confrontados com a realidade trágica da finitude da vida. Um tempo depois, pediu à mãe que levasse Melina para casa e permaneceu em silêncio ao lado do esposo. Nada que ela dissesse iria aliviar a dor da perda, aquele sentimento de despedida que ele tivera com sua filha. Era um momento dele, e ela precisava respeitar.

Capítulo XXV

Na madrugada, Miguel acordou sobressaltado. Não estava conseguindo falar direito e gemia como se estivesse sentindo uma dor profunda. Sabrina chamou a enfermeira, e ele foi prontamente atendido pelos médicos de plantão, que constataram que ele sofrera uma parada cardíaca. Trabalharam por várias horas tentando reanimá-lo e, por fim, após ser estabilizado, foi levado para a UTI do hospital. Na manhã seguinte, Sabrina olhava pelo vidro da porta, vendo seu esposo entubado, respirando por aparelhos, totalmente inerte. Estava em coma induzido, recebendo a medicação necessária. Sem conter a emoção, ela desabafou:

– Mamãe, estou sem esperanças. O médico disse que apenas um milagre poderá salvá-lo.

Renata abraçou sua filha, tão fragilizada naquele momento, e seu coração se despedaçou:

– Tenha fé, minha querida. Deus é poderoso e para Ele nada é impossível. Vamos acreditar e orar.

Ela soluçava nos ombros da mãe:

– Tomara que a senhora tenha razão. Não sei mais o que fazer. Não sei o que vai ser de mim sem o Miguel – soluçou.

Renata sabia o que ela estava sentindo. Tinha a exata noção do tamanho dessa dor que a torturava por dentro. Poucos anos antes, seu amado Arnaldo partira desta vida, deixando-a solitária e desamparada. Agora, sua filha enfrentava algo parecido, porém muito mais doloroso. Era um amor ainda jovem, com toda a vida pela frente. O afeto que ela sentia por Arnaldo havia sido forte e intenso. Eles viveram muitos anos juntos. Mas aquela dor era diferente para Sabrina, que estava começando a jornada, com Melina aos quatro anos, e muito ainda por viver.

Miguel ficou duas semanas em coma, na UTI do hospital. Os médicos cuidavam para que a pressão e os batimentos cardíacos ficassem estabilizados. O mais importante era manter os órgãos vitais em funcionamento. Entretanto isso não era uma missão muito fácil, pois dependia da reação do organismo. Miguel desenvolveu uma pneumonia severa e, no início da terceira semana, entrou em falência múltipla de órgãos. O médico procurou Sabrina no apartamento com ar desolado.

– E então, doutor? Alguma melhora? – perguntou ela, esperançosa.

O médico respondeu, sem conter a emoção:

— Infelizmente, nós o perdemos. É triste dar-lhe essa notícia, mas não temos mais nada a fazer. Ele se foi.

— Meu Deus, meu Deus! — exclamou Sabrina, desabando em cima da cama.

Chorou convulsivamente por horas. Seu grande amor havia partido, e nada o traria de volta. Recordava de todos os momentos vividos e pensava na crueldade da morte que levava Miguel e, com ele, todos os sonhos que eles tinham.

Laura tocou o ombro de Sabrina devagarinho e foi como se a despertasse de uma fantasia. Abriu os olhos e percebeu que o dia estava amanhecendo. As nuvens carregadas prenunciavam um dia nublado e triste. No primeiro momento, ela não sabia direito onde se encontrava. Olhou em volta, e a realidade se impôs. As velas acesas, as pessoas circunspectas, os olhares piedosos. Ela levantou os olhos e viu Miguel deitado no caixão, à sua frente. Tinha voltado no tempo e nem percebera que a noite estava terminando.

— Sabrina, você precisa descansar um pouco! Já está quase amanhecendo, você passou a noite em claro, não comeu nada — disse Renata.

Ela respondeu de modo automático, sem saber ao certo o que dizia:

— Sim, eu entendo.

Sua mãe puxou-a pelo braço e apontou uma porta que estava aberta mais adiante:

— Então, vamos descansar ali, naquela sala. Tem um sofá que se abre e você pode se esticar um pouco.

Ela permaneceu sentada e respondeu:

— Obrigada, mamãe. Obrigada, Laura. Eu quero ficar aqui até o último momento com Miguel. Não vou me afastar e não preciso descansar. Não se preocupem, estou bem. São meus últimos instantes ao lado dele, e ninguém vai me tirar daqui. Se vocês quiserem, podem ir descansar um pouco.

Elas permaneceram juntas até o fim. Depois da missa, entoaram cânticos, e ele foi levado para o descanso final, encerrando para sempre aquela linda história de amor.

Capítulo XXVI

Capítulo XXVI

Dois dias após o velório, Sabrina pegou o carro e foi com sua mãe e Melina para Ilha Bela. Já recebera todas as condolências e os pêsames pela morte de Miguel e agora precisava ficar um pouco sozinha. Era um luto necessário, pois não tinha vontade de conversar e muito menos de fazer coisa alguma. Tudo que Sabrina conseguia era caminhar e deixar o tempo passar – tão lentamente que o dia parecia nunca terminar. Passava horas conversando com Teddy, como se ele pudesse entender suas lamentações. Por vezes, ficava a noite acordada e dormia durante o dia. Não conseguia estabelecer uma rotina, não sabia sequer em qual dia da semana estava. Dois meses depois, ela começou a se organizar e, com a ajuda da mãe, passou a se inteirar dos fatos. O advogado já havia tentado falar com ela algumas vezes, então ela decidiu atendê-lo. Ele chegou em uma segunda-feira, por volta das dez horas, e entrou na sala com ar compenetrado:

– O senhor aceita um café? Acabamos de passar – ofereceu Renata.

– Obrigado, senhora. Se não se incomoda, vou aceitar. A viagem deixa a gente um pouco cansado, e o café serve para despertar – disse ele um tanto constrangido.

Sabrina não sabia do que se tratava a visita. Por isso, esperou que ele tomasse a iniciativa. Após deixar a xícara na mesa, ele falou:

– Dona Sabrina, sinto muito pelo acontecido com o doutor Miguel. Era uma pessoa muito querida.

– Obrigada. Todos nós sentimos muito.

O advogado abriu uma pasta preta, tirando alguns documentos do seu interior, explicando:

– Bem, eu tenho alguns papéis para a senhora assinar e outros apenas para entregar. Nesta pasta estão algumas escrituras, títulos de capitalização e o testamento feito pelo doutor Miguel. Eu sei que a senhora pode não querer falar dessas coisas agora, mas existem algumas providências que precisam ser tomadas sob pena de termos problemas com prazos judiciais. Uma delas é a abertura do inventário. Quanto ao testamento, também precisamos de algumas formalidades jurídicas. Não existe uma sangria desatada, mas assim que a senhora se sentir confortável, pode me chamar que virei para explicar tudo e tomar as providências.

Sabrina agradeceu e guardou os documentos:

— Obrigada. Vou deixar isso quieto por uns dias, mas quando precisar eu procuro o senhor para conversarmos.

O advogado deixou tudo na mesa, incluindo o cartão com seus telefones de contato. Despediu-se dizendo que estaria disponível para o que ela precisasse e pegou a estrada de volta para São Paulo.

Dois anos se passaram após o falecimento de Miguel. Sabrina passava a maior parte do tempo reclusa no chalé de Ilha Bela. Fazia longas caminhadas pela praia, cuidava do jardim e se ocupava com alguma leitura que nunca terminava. Todos os dias levava Melina para a escola, buscando-a no fim da tarde. Quase todo fim de semana Renata vinha ficar com elas e, às vezes, Laura aparecia. Eram momentos de maior descontração, onde podiam aproveitar a praia, jogar cartas e conversar. De tempos em tempos, Sabrina se deslocava até São Paulo, na companhia de Melina, para visitar sua mãe e as amigas. Nessas ocasiões, ela ia até a companhia de balé e saíam para almoçar e recordar dos tempos passados. Por duas vezes, elas viajaram para o exterior. A primeira, depois de um ano do falecimento de Miguel. Fizeram um *tour* pela Europa, partindo de seu apartamento em Barcelona. Ficaram viajando por dois meses e, quando voltaram, ela retornou para Ilha Bela. No ano seguinte, por insistência de Melina, elas passaram duas semanas na Disney, onde Sabrina soltou as primeiras gargalhadas.

Naquele dia, reunidas na casa de praia, o ambiente conspirava para ser o mais agradável possível. Sabrina vestia um conjunto floral branco e azul, chinelos bem leves, e tinha o cabelo solto ao vento. Estava muito linda e jovial. Parecia feliz. Sua mãe observava o seu comportamento e imaginava o que poderia estar acontecendo. Laura ajudava com os preparativos do almoço. Uma música suave tocava na varanda, enquanto Melina brincava em um balanço na área do jardim. Sabrina pegou uma taça de vinho e levou outras duas para a mãe e a amiga. Elas seguraram as taças e ficaram em suspense, esperando o que Sabrina ia dizer.

— Quero brindar a um projeto que pretendo começar. Já era um sonho meu, que Miguel dava a maior força, mas que não pudemos

Capítulo XXVI

realizar. Agora resolvi tirar do papel e quero que vocês duas participem comigo. Será muito importante para mim como também para as pessoas – disse ela, levantando a taça e oferecendo o brinde.

As mulheres olharam para Sabrina. Suas feições demonstravam total curiosidade. Não entendiam o que estava acontecendo, afinal, durante quase dois anos, ela não falara de projeto algum. Renata, como era mais ansiosa, interveio de imediato.

– Mas que projeto é esse? Do que você está falando, minha filha? E como estamos envolvidas nele? Você nunca disse nada.

Sabrina continuou, ainda com algum suspense. Teddy chegou perto dela e arranhou seus pés como se quisesse participar. Ela o pegou nos braços e respondeu:

– Eu não falei nada antes, mas já fiz todo o encaminhamento com o advogado. Já providenciamos a documentação, já compramos o local, e tudo está sendo organizado para iniciarmos as reformas de adaptação.

Laura ouvia tudo atentamente e perguntou:

– Mas do que se trata realmente esse projeto?

Finalmente ela explicou:

– Vamos fundar uma escola de balé para buscar talentos entre os jovens menos privilegiados. Vai se chamar Companhia de Balé Paradiso. Quero que você, Laura, seja a diretora artística. Monte um time de coreógrafos e orientadores. E você, mamãe, será a gestora da companhia.

As mulheres ficaram em choque. Não esperavam que Sabrina estivesse pensando há tanto tempo em um projeto dessa magnitude sem que elas não soubessem de nada. Era realmente desafiadora a missão, mas, como ela estava tão decidida e animada, só restava aceitar e entrar no clima.

– Nossa, amiga! Vai ser maravilhoso fazer um trabalho tão interessante – disse Laura.

– Minha filha, isso vai ficar muito caro! Você já pensou como vai resolver a questão do investimento? – perguntou Renata.

– Não se preocupem. Estou usando parte dos recursos que Miguel me deixou e também consegui com meu cunhado o patrocínio para a manutenção da companhia – explicou ela.

– Você vai gastar o dinheiro que o Miguel deixou para você com esse projeto? – perguntou Renata.

Sabrina explicou, com os olhos brilhando:

– O dinheiro que o Miguel deixou para mim não vou conseguir gastar nunca. Então, usar um pouco para ajudar as pessoas, descobrir novos talentos, principalmente para os que não têm acesso às melhores escolas de dança, é algo que vale a pena para mim.

Renata concordou, batendo palmas:

– Se você diz, minha filha, eu tenho que concordar. Vamos em frente! Vamos montar a Companhia de Balé Paradiso.

– Ótimo, pessoal. Se estamos combinadas, vamos brindar ao início desta nova fase e que possamos fazer um excelente trabalho – disse Laura.

Brindaram ao sucesso do novo projeto que estava se iniciando, felizes em poderem trabalhar juntas e, mais do que nunca, pelo fato de Sabrina estar se recuperando da tragédia que tinha se abatido sobre ela.

– Preciso te falar uma coisa. Eu estou ligada à companhia e, para desenvolver esse trabalho, preciso me desligar – disse Laura.

– Não se preocupe, querida. Você pode pedir para sair e veja quanto tempo eles precisam para se organizar. Sobre a sua remuneração, você não terá perda nenhuma. Isso já está acertado no planejamento de negócios – explicou Sabrina.

Abraçaram-se felizes por continuarem juntas e na certeza de que aquela amizade que nasceu no início da carreira de Sabrina ainda daria muitos frutos, mesmo tanto tempo depois.

Capítulo XXVII

Capítulo XXVII

Com a fundação da escola, Sabrina passou a morar com Melina no apartamento de São Paulo. Nos fins de semana, ela quase sempre ia para Ilha Bela. A Companhia de Balé Paradiso logo ganhou notoriedade entre as jovens companhias instaladas na cidade de São Paulo. A direção artística, a cargo de Laura, angariou excelentes profissionais. Agregando a experiência internacional de Sabrina, seus contatos e suas amizades, a companhia logo se destacou no cenário da dança contemporânea. O principal objetivo era a descoberta de novos talentos. Assim que descobriam jovens com potencial acima da média, investiam neles para melhorar sua qualificação técnica. Não tinham como foco a montagem de espetáculos nem a apresentação de grandes peças, e sim a formação de novos talentos para o mercado. Entretanto a agenda era lotada diante da qualidade do corpo de bailarinos e da excelência nas apresentações. Toda a renda proveniente dos espetáculos era revertida para a manutenção da escola e apoio aos alunos mais necessitados.

Melina, com quase sete anos, já era uma das pequenas estrelas entre os iniciantes. Herdara a leveza de movimentos da mãe, e seu jeito prenunciava uma nova bailarina no mundo. Sabrina procurava não condicioná-la a seguir essa carreira. Preferia deixar que ela tomasse suas decisões na hora e no momento certo, de acordo com sua consciência e vontade. Certa tarde, ao sair da companhia, absorta em pensamentos, não notou uma pessoa se aproximando. Quando percebeu, um homem estava ao seu lado: era Ricardo. Ele a cumprimentou, sorrindo:

– Boa tarde, Sabrina. Que bom te encontrar aqui. Faz tanto tempo, né?

Ela ficou impactada com a presença dele. Primeiro, porque jamais imaginara encontrá-lo novamente, muito menos assim, tão de repente. A última vez em que estiveram juntos foi naquele dia no parque, quando terminaram. Depois disso nunca mais tivera notícias dele. Isso não queria dizer que ela o esquecera para sempre. Lembrava-se dele e do que tinham vivido no passado, mas eram lembranças adormecidas e, somente de vez em quando, eram acordadas por alguma música ou algum local marcante. Ela não sabia onde ele morava nem o que tinha feito de sua vida. Refez-se do choque e respondeu:

– Boa tarde, Ricardo. Não esperava vê-lo. Realmente, faz muito tempo. Por onde você andou? – perguntou ela.

Ele passou as mãos no cabelo, demonstrando um certo nervosismo e respondeu:

– Estou morando aqui, em São Paulo. Continuo trabalhando na Embraer, no desenvolvimento de aeronaves. Lembra que esse era o plano?

Ele continuava o mesmo. O cabelo, com alguns fios brancos nas têmporas, contrastava com a pele levemente bronzeada. Os olhos eram aqueles mesmos olhos castanhos, penetrantes e fortes. Estava um pouco mais maduro, talvez um pouco cansado. Sabrina não tinha como determinar.

– Que bom. Era um sonho de juventude seu. Projetar aviões e trabalhar em uma grande companhia.

Ele sorriu um pouco constrangido e disse:

– Pois é, e eu consegui. Outros sonhos ficaram para trás. Afinal, nem sempre podemos ter tudo que desejamos, não concorda?

Sabrina não disse nada. Não queria falar do passado. Ainda estava muito machucada e começar a relembrar certas coisas agora serviria apenas para trazer sentimentos tristes. Pensou o que falar, perguntar alguma coisa sobre a vida dele, entretanto preferiu nada dizer. Depois de um tempo, ele perguntou:

– Que tal sairmos para jantar qualquer dia desses?

O convite a pegou de surpresa. Não sabia o que responder. Depois da morte de Miguel, seus passeios e reuniões eram bastante restritos. Pensou por mais um instante, depois respondeu:

– Eu praticamente não tenho saído. O trabalho me ocupa o dia todo e ainda tenho que dar atenção à Melina, minha filha.

Ele entregou um cartão de visitas para ela e disse:

– Não faria mal nenhum se pudéssemos conversar um pouco. Aqui está o meu telefone, quem sabe você muda de ideia.

Ele se despediu segurando a mão dela por alguns segundos a mais. Estava muito emocionado, e seus lábios tremiam quando disse:

– Até mais!

Sabrina também sentiu-se afetada com aquele encontro. Afinal, tinham sido namorados por mais de oito anos e se gostavam bastante. Puxando a mão educadamente, ela respondeu:

Capítulo XXVII

— Está bem. Não sei se vou conseguir sair, mas quem sabe pode dar certo.

Enquanto ele se afastava, Sabrina ficou pensativa. Como era possível que uma pessoa que já fora tão íntima, com quem trocara juras de amor e fizera tantos planos parecia agora um estranho? A impressão é de que o via pela primeira vez. Concluiu que a proximidade, a cumplicidade e os desafios diários unem as pessoas. Mesmo que exista amor, a distância acaba por torná-las estranhas umas às outras.

Ficou imaginando qual seria o propósito da aproximação de Ricardo. Depois de tanto tempo e de uma separação tão traumática, ele voltava a aparecer assim, do nada. Ainda bem que não demonstrava mágoa ou ressentimento. E não fora um encontro casual. Com certeza deve ter superado os acontecimentos daquela época. Talvez quisesse reatar a amizade que eles tinham ou, quem sabe, tentar retomar o antigo relacionamento.

Ela nunca havia cogitado sair com outro homem, nem mesmo agora, dois anos depois da morte de Miguel. Não por falta de convites, mas sim pelo desinteresse em conhecer outra pessoa. Será que faria bem para ela aceitar esse convite? Não via nada demais em jantar com Ricardo, afinal, eram velhos conhecidos e tinham compartilhado uma parte da vida juntos. Talvez fosse importante para ela espantar as teias de aranha do passado.

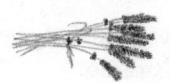

Ricardo ligou na semana seguinte, quase todos os dias. Sabrina sempre arranjava uma desculpa para não sair. Ora dizia que estava indisposta, ora que Melina precisava de sua companhia, até que enfim decidiu colocar um ponto-final nessa indecisão. Ela havia pensado muito e acreditava que esse encontro poderia ser um divisor de águas na sua rotina. Sair com alguém diferente do ambiente familiar poderia lhe trazer outras percepções sobre a vida, indicar um novo caminho a seguir. Já estava há muito tempo confinada exclusivamente no seu mundo. Quem sabe ela poderia gostar de trocar ideias com alguém sem nenhum compromisso? E afinal, Ricardo não era uma pessoa qualquer.

Consultou a mãe, que apoiou a decisão de sair com ele. Laura também achou que não teria nada de mais. Na verdade, elas incentivavam Sabrina para que ela vencesse o medo de sair com alguém. Diante disso, ela resolveu aceitar o convite para jantar com Ricardo na sexta-feira.

Foram em um restaurante bem discreto e aconchegante na rua Manuel Guedes, no Itaim Bibi, especializado em culinária francesa. Ricardo escolheu uma garrafa de vinho branco, enquanto Sabrina olhava o cardápio. Em um canto do salão, um jovem de cabelo grande e desgrenhado, do estilo *hippie* anos 1970, tocava uma guitarra. Ao seu lado, um percussionista acompanhava a música, batendo suavemente com as mãos sobre um *cajon*. Com maestria, o guitarrista arrancava do instrumento as notas de um clássico do blues, *Riding with The King,* de B.B. King. O ambiente era romântico e acolhedor.

Ricardo perguntou sobre as atividades dela e, depois que ela explicou o intuito da companhia que havia fundado, ele disse:

– Você está dando oportunidade aos jovens mais necessitados que possuem talento e não conseguem ter acesso às grandes companhias.

Sabrina provou o vinho, e concordou:

– Eu tinha esse sonho, mas como a vida de Miguel era muito corrida, não conseguimos realizar isso antes. Como eu não tenho mais condições de voltar a dançar, tanto físicas quanto emocionais, resolvi envolver a minha mãe e a Laura para tocarmos esse projeto.

– Será um sucesso absoluto. Eu li alguma coisa no jornal quando o projeto foi lançado – disse Ricardo.

Sabrina ficou surpresa em saber que ele a acompanhava. Arqueou as sobrancelhas, dizendo:

– Ora, não sabia que você conhecia nosso projeto. Que bom! Diga-me uma coisa: você se casou, teve filhos?

– Eu me casei, mas não durou muito. Não tenho filhos. Quando o nosso namoro terminou, fiquei totalmente alucinado e voltei para os Estados Unidos. Prolonguei meus estudos lá por mais três anos. Então, conheci uma moça porto-riquenha e acabamos nos casando. Vivemos dois anos juntos e depois nos separamos. Ela tinha outras prioridades, e eu queria voltar ao Brasil – explicou Ricardo.

Capítulo XXVII

– As coisas são assim mesmo, às vezes, não dão certo. Outras vezes, mudam a vida da gente completamente. Tudo tem um ciclo de amadurecimento – disse ela, filosofando.

– Então, vocês acabaram comprando a casa de praia do meu tio. Meu primo me contou.

– Eu falava para o Miguel de um lugar mágico que eu conhecia. Ele não dava muita bola, mas acabou comprando. Ele se apaixonou pelo local assim que o conheceu. Os últimos dias dele, inclusive, nós passamos lá – explicou ela.

– Ele fez bem em comprar. Era um sonho nosso. Não pudemos realizar juntos, mas você terminou vivendo isso mesmo assim – afirmou Ricardo, pensativo.

Sabrina não disse nada. Ficou calada, rememorando as lembranças que vieram à tona. Ricardo continuou:

– Uma pena o que aconteceu. Você o amava muito, não é?

Sabrina não sentiu nenhum sinal de mágoa em sua voz. Tinha uma serenidade madura e respeitosa na pergunta feita por ele.

Então, ela respondeu:

– Sim, Ricardo. Amei o Miguel demasiadamente. Ele me completou de todas as formas. Mas eu não quero falar disso.

– Não se preocupe, não estou chateado. Já chorei o que tinha de chorar. Você sabe que sempre te amei. Então, respeito seus sentimentos e admiro a sua coragem de se entregar. Ainda bem que foram felizes – disse ele.

Sabrina aquiesceu em silêncio. Concordava com as observações dele. De repente, olhou para o relógio e exclamou:

– Nossa! Já é tarde. Nem percebi o tempo passar. Precisamos ir. Melina deve estar me esperando. Falei que ia sair com um amigo e que não iria demorar – disse ela.

Ricardo concordou:

– Sim, vamos embora. Que bom que aceitou o convite. Fiquei muito feliz em encontrá-la. Você está mais linda do que nunca.

– Obrigada. Você também está ótimo – respondeu ela.

Ricardo pagou a conta, saíram e entraram no carro. Durante o trajeto não falaram quase nada. Quando a deixou na porta do prédio, ele beijou o rosto dela e aguardou enquanto ela entrava no elevador. Na volta para casa, relembrou toda sua vida com Sabrina, imaginando que nunca deveria tê-la perdido. Quantas noites ficara sem dormir, tentando descobrir onde ele tinha errado. Será que a vida estaria dando a ele outra chance? Somente o tempo poderia responder essa dúvida. Uma música romântica tocava no som do carro, embalando sonhos e perspectivas que poderiam ou não se realizar.

൧# Capítulo XXVIII

Capítulo XXVIII

*S*abrina não sabia ao certo se deveria continuar se encontrando com Ricardo ou se deixaria apenas a memória daquele jantar. Ele fora encontrá-la na saída do trabalho, em uma demonstração de que estava determinado a falar com ela. Nesses anos todos, Sabrina às vezes lembrava-se de seus tempos de juventude e do relacionamento com Ricardo, porém em nenhum momento se arrependeu de tê-lo deixado, assumindo seu amor por Miguel. Mas, sempre que lembrava dele, tinha um sentimento de carinho pelo tempo em que viveram juntos. Agora, Ricardo aparecia em um momento de muita fragilidade emocional. Tinha sido um excelente encontro, mas nada que mudasse a realidade. Ele já ligara outras vezes, convidando-a para sair novamente, mas ela evitou se comprometer. Não queria alimentar o sonho dele de reatar o relacionamento que tiveram. Isso estava escrito em suas páginas rabiscadas. Não seria conveniente dar esperanças a ele. Em uma noite, ela estava em casa, preparando uma salada, quando o telefone tocou. Ela atendeu, sabendo que ele estava do outro lado da linha novamente.

– Boa noite, Sabrina. Tudo bem com você?

– Boa noite, Ricardo. Sim, estou bem, graças a Deus – respondeu ela.

– Na sexta-feira tem uma apresentação de *O Fantasma da Ópera*, no Teatro Renault. É um espetáculo que a gente não se cansa de assistir. Comprei ingressos para nós. Espero que você aceite ir comigo – convidou ele.

Por um momento, Sabrina pensou em dizer não, simplesmente desligar o telefone e encerrar de vez o assunto. Entretanto ela cogitava se, de fato, não gostaria de aceitar o convite. Chegou a trocar ideia com sua mãe, que incentivou a reaproximação. Disse que não teria nada de mais em se encontrarem e que esta seria uma forma de voltar a se interessar por outras coisas. Renata apreciava a presença de Ricardo. Ela sempre havia gostado dele. Sabrina não achava ruim a insistência dele em se aproximar; sentia-se até lisonjeada e lembrava que a experiência com Ricardo teve seus momentos bons. No entanto também havia sido muito desgastante, sem dúvidas. Ela já havia percebido que ele queria, de alguma forma, criar um vínculo sentimental. Estaria ele mais maduro? Conseguiria conduzir um relacionamento equilibrado? Ora, mas por que estava pensando nisso? Jamais havia passado pela cabeça dela retomar o antigo convívio que eles tiveram. Espantou essas conjecturas e respondeu:

– É uma excelente peça, mas não sei se poderei ir. Não estava preparada para esse convite.

Ele insistiu, afirmando:

– Você precisa se distrair. Será uma ótima oportunidade. Não deixe de avaliar meu pedido.

– Está certo. Vou pensar sobre isso. Ainda temos três dias para resolver – respondeu ela.

– Que ótimo. Vou aguardar sua decisão. De qualquer forma, os ingressos já foram comprados – reafirmou ele.

Sabrina queria terminar a conversa, então concordou:

– Ok. Minha mãe está me chamando para ver umas coisas aqui. Voltamos a falar depois.

Ele percebeu que ela estava um pouco incomodada, então finalizou:

– Não tem problema. Depois nos falamos, então – respondeu ele.

Ela desligou o telefone e ficou pensativa. Não sabia se aceitava o convite de Ricardo. Seria conveniente dar-lhe esperança? Nada demais iria acontecer. No entanto ela tinha certeza de que ele estava interessado em algo mais sério. *Valeria a pena correr esse risco? Estava preparada para isso? Ele agia de forma inteligente...* pensou. *Afinal, não tem nada de mais assistir a uma peça de teatro com um amigo. Ainda mais, sendo um velho conhecido.*

Melina se aproximou, trazendo nas mãos um álbum de figurinhas, e as duas acabaram se entretendo montando os quadrinhos. Isso fez com que Sabrina esquecesse dos seus dilemas. Ficaram juntas até que a filha adormeceu em seu colo. Era um momento sublime de paz. Sabrina estava se recuperando da grande tragédia de perder seu amor, e Melina era o retrato vivo de que esse amor tinha valido a pena. A pequena era o maior presente que Miguel havia deixado para ela. Carregou-a nos braços, colocando-a suavemente em sua cama. Ela dormia profundamente. Observou-a por um tempo, e duas lágrimas escorreram por sua face. Por um lado, sentia a tristeza de ter perdido Miguel e, por outro, a felicidade de ter Melina em sua vida.

Capítulo XXVIII

Na sexta-feira, ela saiu mais cedo da companhia. Havia marcado hora no salão de beleza para tratar do cabelo e cuidar das unhas. Decidiu ir ao teatro com Ricardo e, por mais que não estivesse interessada em resgatar qualquer experiência passada, queria sentir-se bem, com sua estima elevada. Afinal, ela era uma mulher bonita e, pela primeira vez em muitos anos, tomava coragem para sair em público acompanhada de um homem. Assistiram à apresentação e depois foram jantar. Ricardo perguntou, enquanto tomavam uma taça de vinho:

– Você gostou da peça? Com certeza já assistiu outras vezes, não é?

Ela sorriu e respondeu:

– Sim, é um espetáculo que a gente não se cansa de ver. Cada vez que assisto, parece que a sensação é de ser a primeira vez. Tudo parece diferente a cada nova apresentação.

– Pelo que sei, é o musical mais visto de todos os tempos.

– Sim, é verdade. Também foram feitas várias adaptações para o cinema. É um clássico que sempre encanta as pessoas – concordou ela.

Ele fez um jeito de comovido e falou:

– Coitado do Fantasma. Era talentoso, porém seu desfiguramento fez com que fosse rejeitado pelos pais, acabando por se esconder de todo mundo. Muito triste essa história.

Sabrina olhou para a frente, como se estivesse assistindo o espetáculo, e comentou:

– A cena mais impactante é quando eles se encontram nos porões do teatro, e Christine retira a sua máscara. Ela fica chocada, pois pensava que era um anjo que a ensinava a cantar.

– É verdade. Ele dedica a ela um amor imensurável. Porém, difícil de ser correspondido.

– Acontece que ela não o amava. O amor era apenas da parte dele. Christine amava Raoul, com quem acabou se casando. Quando o Fantasma descobre isso e a sequestra, a impressão que se tem é de que vai acontecer uma tragédia. Mas ele percebe que não tem chances e a liberta. Isso também é amor. Às vezes, o verdadeiro amor faz com que você abra mão de quem ama para dar ao outro a oportunidade de ser feliz. O egoísta mantém, junto de si, pessoas que estão infelizes, com a justificativa de que as ama – disse Sabrina.

Ricardo segurou sua mão. Ela percebeu o gesto e sorriu. Ele propôs outro brinde, e ela aceitou. Estavam bem à vontade. Ela percebia o quanto tinha sido bom ter aceito o convite dele.

Nesses dois anos após a morte de Miguel, era a primeira vez que se sentia à vontade e em paz. Talvez fosse pelo espetáculo que acabara de assistir. Ou quem sabe, era a companhia de Ricardo. Ele transmitia segurança e era uma pessoa muito agradável. E agora, como não eram namorados, não existiam as cobranças daquele tempo. Depois do jantar, seguiram para casa e, quando se despediram na porta do apartamento, Ricardo beijou-a suavemente no rosto.

Sabrina aceitou o carinho com naturalidade. Em seguida, entrou em casa, leve e reconfortada. Parecia que um grande peso tinha saído de suas costas. Não se sentia culpada, mas também não estava eufórica com novas possibilidades. Estava em paz com sua consciência, e isso era muito bom.

Saíram nos dois fins de semana seguintes e assistiram a outras peças fora do circuito tradicional apresentadas por atores em formação. Sabrina gostava de prestigiar esses espetáculos, diferentemente de quem só assistia às grandes montagens com protagonistas consagrados. Na virada do mês, ela seguiu com Melina e Renata para Ilha Bela e, no domingo de manhã, Ricardo apareceu. Ele chegou por volta das dez horas da manhã e passou o dia com elas. No fim da tarde, voltaram a São Paulo. O dia havia sido bastante agradável, com uma interação perfeita. Alguns dias depois, Melina passava o fim de semana com uma amiga, e Sabrina falou com sua mãe:

– Ricardo sugeriu de irmos amanhã para Ilha Bela e voltarmos no domingo. Estou tentada a aceitar, mas tenho dúvidas. Se a gente for, não tem mais volta.

– O que seu coração quer, minha filha? – perguntou Renata.

Ela ficou pensativa por alguns instantes e respondeu:

Capítulo XXVIII

— Não sei o que meu coração quer. Estamos saindo há mais de dois meses. Ainda não aconteceu nada, só que, se ficarmos sozinhos na praia, vai ser definitivo para nós.

— Ele é um homem honesto e gosta de você. Por que você não deixa acontecer e depois avalia o resultado? – sugeriu a mãe.

— Isso é complicado. Não consigo levar as coisas dessa forma. Acredito que se essa viagem acontecer, vamos retomar o nosso antigo relacionamento.

Ricardo telefonou para confirmar a ida no dia seguinte, e Sabrina acabou cedendo. Ficaram dois dias na casa de praia, tomaram banho de mar, descansaram na praia e fizeram amor. Sabrina teve dificuldades em se soltar, mas acabou acontecendo, e no fim, ela avaliou que havia sido muito bom. Ricardo conhecia todos os seus segredos e soube ter paciência e determinação. Depois desses encontros, vieram outros, e ela se acostumou com a companhia dele e passou a sentir falta dos momentos em que passavam juntos.

A lembrança de Miguel era constante em seus pensamentos. No começo, ela sentia culpa por estar se entregando a outro homem, porém, com o tempo, isso foi ficando para trás. Ela já conseguia se divertir e sentir prazer nas coisas que fazia.

Dois anos depois do recomeço, aquele Ricardo do passado voltou a fazer parte do seu presente. Sutilmente voltava a cobrar explicações, sufocando seu dia a dia, com pressão para casamento e filhos. Não aprontava as cenas de antigamente, com ciúmes explícitos e escandalosos, entretanto demonstrava a mesma insegurança de tempos atrás. Uma faceta sombria que dificultava qualquer decisão por um comprometimento mais sério.

Ele procurava de todas as formas disfarçar o medo de perdê-la, mas, como isso fazia parte do seu inconsciente, mesmo sem querer, ele criava o clima necessário para gerar as desconfianças. Sabrina tentava mostrar que os mesmos erros voltavam a se repetir. Ele pedia desculpas, prometia se emendar, mas, quando ela menos esperava, tudo aflorava novamente. Essas crises o levaram a buscar consolo em doses de uísque a mais, o que para ela se tornou inconcebível. Mesmo sem exagerar, nesses momentos, ele deixava transparecer uma mágoa sentida, falando que poderiam ter ficado juntos, o que não ajudava em nada e ainda machucava as lembranças de sua vida com Miguel.

    Ela tinha certeza de que não havia condições de eles se acertarem, entretanto, talvez pela comodidade ou pelo medo do desconhecido, ela foi aceitando a convivência, deixando ficar para ver aonde isso os levaria. Tinha preguiça só de pensar em começar tudo novamente, mesmo consciente de que estava vivendo uma relação morna e sem grandes perspectivas futuras. *Em algum momento isso acabaria se resolvendo,* pensava consigo mesma.

Capítulo XXIX

Capítulo XXIX

Quatro anos depois

Melina jogava frescobol na praia em frente ao chalé. Ela foi com a mãe passar o fim de semana e chamou uma amiga para acompanhá-la. Outras pessoas também foram convidadas, como Laura e o novo namorado. Ricardo fez um churrasco no almoço e, depois de um merecido descanso, todos curtiram o fim do dia em contato com o mar. Renata adiantava algumas coisas para o jantar. Era sábado e, no dia seguinte voltariam a São Paulo. O sol estava um pouco pálido, porém com as cores impressionantes de um fim de tarde de verão. As ondas batiam fortes, espalhando uma espuma branca na areia a cada vez que arrebentavam. Sabrina olhava para o horizonte e pensava naquela situação.

A família reunida, os amigos e Ricardo. Entre a vontade de terminar e o acomodamento, já haviam completado quatro anos juntos. Recordou-se das intermináveis conversas que tiveram até então. Ela duvidava de que ele tivesse mudado, porém ele afirmava com extrema convicção:

– Eu amadureci, Sabrina. Paguei um preço alto pela minha infantilidade. Tenho certeza de que fui o responsável por tudo que aconteceu entre nós. Depois do que passei, eu pude avaliar as minhas atitudes. Sou outra pessoa, consciente de que a vida é feita de confiança, cumplicidade e respeito.

– Eu acredito que você tenha avaliado o que aconteceu, Ricardo, mas tenho medo de que tudo volte a ser como antes. Essas coisas estão no inconsciente das pessoas. Elas são como são, e a mudança é algo muito difícil. É preciso querer muito para a mudança ser efetiva.

– Eu garanto que sou outra pessoa. Apesar da dor que senti, eu suportei o seu afastamento sem perturbar você. Tive vontade de acabar com minha vida, de tirar satisfações com você e até de atacar Miguel, mas consegui entender que isso só demonstraria minha fraqueza. Quero fazer você feliz, não tenha dúvida disso.

Sabrina gostava da companhia dele, e sua mãe achava que era a chance ideal dela retomar a vida na companhia de alguém de confiança, que conhecia os seus gostos e que a amava. Não era bem isso que ela pensava, mas não teve a coragem de rechaçar a aproximação dele e, com o tempo, acabou cedendo e deixando as coisas acontecerem. Era bom ter companhia novamente.

No princípio, ela ficou receosa da reação de Melina, porém Ricardo era muito carinhoso e simpático. Conquistou a garota sem muito trabalho. Mesmo assim, Sabrina manteve os primeiros encontros na maior discrição. Não queria trazer para o convívio da filha a figura de outro homem. Além de achar prematura essa decisão, ela não acreditava que aquilo fosse durar. Encontravam-se nos fins de semana, saíam para passear e, quando ficavam juntos, ela fazia questão de retornar para casa antes que Melina fosse dormir.

Após dois anos de relacionamento, a amizade entre ele e Melina ficou bastante forte, e a garota já não estranhava em nada a presença constante na casa delas. Mesmo morando separados, eles já compartilhavam uma vida em comum. Sabrina gostava dele, mas o sentimento de quinze anos atrás era o mesmo: faltava alguma coisa que ela não conseguia encontrar. A companhia de Ricardo era excelente, o sexo era reconfortante, mas aquele amor e aquela sensação de pertencimento, que ela havia sentido por Miguel, não encontrava nele. Por alguma razão, não se sentia completamente feliz, e a falta desse algo especial não a deixava se entregar completamente.

Ricardo observava as meninas brincando na areia. Voltou-se para Sabrina, sugerindo:

– Querida, já está na hora de termos um filho. Eu sempre quis formar uma família completa com você. O que você acha de programarmos para o ano que vem?

Ela já esperava por essa conversa. Várias vezes, ele procurava falar sobre isso, mas ela evitava. Após um longo silêncio, ela respondeu:

– Ricardo, meu querido, a nossa família está completa – disse ela, olhando para Melina. – Eu sei que você quer um filho, mas eu não estou preparada – acrescentou.

Ele não se conformou com a resposta e retrucou:

– Nós estamos juntos há quase quatro anos. Gostamos um do outro e nos damos bem. A Mel gosta de mim. O que falta para que possamos ser completamente felizes?

Capítulo XXIX

– Eu sei disso, você é uma pessoa maravilhosa, mas eu não consigo me imaginar tendo outro filho, pelo menos por enquanto. Não estou preparada para assumir mais esse compromisso. Já tenho uma filha e, por enquanto, basta – respondeu Sabrina.

Ele abaixou a cabeça, e sua voz saiu gutural:

– Realmente, não entendo o que se passa com você. Ao mesmo tempo que sinto você perto de mim, alguma coisa nos leva a ficar longe – disse ele.

Sabrina o encarou e disse:

– Lembra-se de quantas vezes eu te disse que tinha medo de começar de novo? Que receava não ser capaz de fazê-lo feliz? Eu não tenho certeza se quero me comprometer novamente.

Os olhos dele marejaram:

– É incrível como você diz isso de forma tão natural. Eu sofro só de pensar em ficar longe de vocês.

Sabrina falou de forma resoluta:

– Eu não escondo que você me faz bem, que gosto de você e da sua presença na minha vida. Já disse isso mil vezes. Você é o homem ideal para qualquer mulher. Só que eu não consigo me enxergar vivendo a plenitude desse momento do jeito que você espera e merece. Ainda tenho muitas marcas não cicatrizadas, por isso não estou pronta para esse passo definitivo. Sinto muito fazer você sofrer, mas essa é a verdade.

Ricardo ficou pensativo. Relembrava que já tinha vivido momentos como esse anos atrás, quando mencionava seu desejo de se casar e sempre havia alguma objeção por parte dela. Não quis insistir no assunto, e caminharam para casa. Na manhã seguinte, seguiram para São Paulo, retomando a rotina. Sabrina convidou Laura para almoçar. Precisava desabafar com alguém e não tinha pessoa melhor que sua querida amiga. Enquanto almoçavam, ela dizia:

– Não consigo explicar para o Ricardo que o Miguel ainda está diariamente nos meus pensamentos, na minha vida. Mesmo depois de tanto tempo, ele não sai da minha cabeça. Não obsessivamente, mas não estou pronta para assumir um novo compromisso. Além disso, apesar de

Ricardo ser uma pessoa ótima e gostar de mim, ele não consegue fazer com que eu me sinta segura para virar essa página – desabafou.

– Eu entendo você, querida. Então por que você continua com ele? Por que não diz logo que não quer?

– Eu tenho pensado nisso. É bom estar ao lado dele, eu me sinto segura, a presença dele me acalma, gosto de ver o carinho dele com a Mel. Por outro lado, não acho justo continuar alimentando a esperança de que vamos ficar juntos para sempre. Não existe paixão, só um carinho muito grande que me faz ficar – respondeu Sabrina.

Laura falou com firmeza:

– Você precisa resolver o que quer para sua vida. Não concordo que seja a lembrança de Miguel o que a impede. Sei que pensa nele, mas você já está com o Ricardo há algum tempo. Já dá para perceber que não é a lembrança de Miguel que a deixa insegura, mas sim a incerteza de que o Ricardo é o homem certo.

Sabrina assentiu:

– Concordo com você. Acho que estou buscando uma desculpa para minha indecisão. De qualquer forma, só de não concordar em ter um filho já estou impondo os limites. Realmente, não posso deixar isso se prolongar mais.

– Você tem pensado em morar fora. Já falamos sobre isso algumas vezes. A companhia está indo muito bem. Sua mãe cuida das coisas com dedicação, e a parte artística está bem estruturada. A Mel se dá bem com a Renata, ela já está crescida, praticamente uma mocinha. Por que você não se organiza e passa uma temporada na França? Você sempre falou disso – disse Laura, incentivando.

– Ultimamente eu tenho pensado muito nisso. Até falei com a Valéria, que está morando em Aix-en-Provence. Ela trabalha em um conservatório lá e já me disse que, se eu quiser, tem uma vaga para mim.

– Seria uma ótima oportunidade. Assim você terminaria seu relacionamento com Ricardo e tentaria se encontrar consigo mesma.

Sabrina ficou pensativa e, por fim, respondeu:

– Eu acho que você tem toda razão. Preciso de um tempo para mim. Após a morte de Miguel, nunca tinha ficado com alguém, mas, agora,

Capítulo XXIX

depois de experimentar, vejo que não encontrei meu eixo. Talvez uma temporada fora possa me mostrar o caminho.

— Eu também vejo dessa forma. Na verdade, você não teve a oportunidade de encontrar alguém realmente interessante. Você já considerou o fato de que terminou com o Ricardo porque tinha encontrado o Miguel e, agora, ao perder Miguel, você acabou voltando para o Ricardo? Sua vida acabou andando em círculos. Talvez uma mudança seja a oportunidade para romper com esse ciclo. Caminhar para a frente.

Sabrina concordou:

— Não tinha pensado sob esse prisma. Faz sentido essa teoria. Eu andei em círculos. Não que eu tenha procurado essa alternativa. Eu já deveria saber que não daria certo com Ricardo. Não o amo o suficiente para me entregar, nunca amei, na verdade. Talvez a comodidade, a confiança ou quem sabe o medo de enfrentar o desconhecido tenham feito eu aceitar a situação.

— Eu acredito que essa pode ser a oportunidade que você estava esperando. Vá tomar novos ares, conhecer novas pessoas. Quem sabe um horizonte novo se descortine para você.

Ela foi para casa pensando naquela conversa e acabou se convencendo de que Laura estava com a razão. Sua vida estava andando em círculos, e isso não a deixava descobrir um horizonte. Precisava ter coragem para decidir seguir em frente, mesmo que isso a obrigasse a enfrentar caminhos desconhecidos. Sabia que seria capaz. Já havia enfrentado outras tempestades e não seria agora que iria se amedrontar com mares revoltos.

Sabrina convidou sua mãe e Melina para ir ao shopping. Depois de baterem perna por algum tempo, sentaram-se para almoçar. Precisavam conversar, pois ela queria falar de coisas importantes que havia decidido. Uma mudança que afetaria de forma definitiva sua trajetória, e as pessoas mais queridas de sua vida precisavam estar cientes. Enquanto esperavam a sobremesa, Sabrina disse:

— Mamãe, no próximo mês vou viajar para a França e encontrar com Valéria em Aix. Decidi ficar uma temporada por lá. Vou deixar as coisas aqui no Brasil sob seus cuidados. A companhia, a Mel, a casa da praia e tudo mais.

Renata ficou surpresa.

— Você não tinha falado nada. Decidiu isso de repente? Aconteceu alguma coisa para você sair assim tão rápido?

— Não foi tão repentino. E não aconteceu nada que você precise se preocupar. Eu já andava pensando nisso há algum tempo, mas estava adiando. Outro dia, conversando com a Laura, ela me deu o empurrão que faltava – explicou Sabrina.

— Você já conversou com Melina? Ela está de acordo? – perguntou Renata, olhando para a neta, que ouvia a conversa.

— Sim. Nós conversamos bastante. A Mel entendeu os motivos para essa viagem. Ela já é quase uma moça e tem sua vida praticamente independente. Além do mais, ela estando com você, eu não tenho preocupações. Vocês se dão muito bem – respondeu.

— É verdade. Minha neta é um doce. Muito dedicada às aulas de dança e ao colégio. Pode deixar que vou cuidar dela e de todas as outras coisas direitinho.

Melina tomava um *milkshake*, entretanto ouvia atentamente a conversa.

— Acho que a mamãe deve ir, vovó. Ela me explicou tudo que está acontecendo, que precisa de um tempo para ela. Acho isso ótimo. Vai dar tudo certo.

— Mas e o Ricardo? Vocês não estão namorando firme? Ele até fala em casamento, em ter filhos – lembrou Renata.

— Já conversamos também, mamãe. De fato, ele me falou de filhos, de casamento, mas eu não me sinto preparada para isso.

— Vocês terminaram? – perguntou Renata.

— Sim. Nós terminamos. Não houve trauma. Ele entendeu que preciso desse tempo, e não podemos ficar presos em um compromisso. Cada um vai seguir seu caminho, e as coisas vão se ajeitar da forma que tiver de ser – respondeu ela.

Capítulo XXIX

Sabrina passou duas semanas preparando as coisas. Revisou os papéis de Teddy, como vacinas e atestados, para não ter nenhum problema ao embarcar. Viajar com um animal de estimação para outro país às vezes era mais complicado do que com outra pessoa. Era preciso uma infinidade de certificados, declarações, "chipagem" e outras coisas. Dava trabalho, entretanto, Sabrina fazia isso com prazer, já que ele era o seu companheiro inseparável. Curtiu um fim de semana em Ilha Bela com Renata, Melina e Laura. Queria levar boas lembranças para sua temporada na França. Sabia que ficaria muito tempo sozinha, mas era preciso enfrentar seus medos, encontrar novos desafios e descortinar um horizonte novo. Enxergar a vida sob uma nova perspectiva.

Quando desembarcou em Marselha, depois de uma escala em Paris, encontrou Valéria à sua espera no aeroporto. Seguiram de carro para Aix e, depois de almoçarem em um bistrô, foram para casa descansar. Sabrina queria curtir sua estadia na França com toda a plenitude, sem amarras e sem sofrimentos. Agradeceu a amiga pela recepção:

– Obrigada, Val, por me receber aqui. Estou muito feliz por encontrá-la. Amanhã começo a procurar um lugar para ficar – disse ela.

– Não se preocupe, querida. Você tem o tempo que quiser. Aqui somos somente eu e a Liza, e tem espaço para você. Fique à vontade.

Sabrina recostou-se no sofá e disse:

– Obrigada, mais uma vez. Vou descansar um pouco, pois a viagem foi longa e fatigante. Depois saímos para comer alguma coisa.

– Sem problema. Fique tranquila. Eu tenho algumas coisas para resolver e mais tarde nos falamos.

Valéria indicou o quarto para que ela ficasse à vontade. Algum tempo depois, Sabrina se levantou do sofá e acomodou as bagagens. Deitou-se na cama para descansar e fechou os olhos. Sua vida passou como um filme. Reviveu todos os momentos passados, desde sua infância até chegar ali. Vislumbrou uma vida plena de realizações, em que conquistas e perdas se misturavam em alguns momentos.

Porém avaliou que tudo tinha valido a pena. Agora uma nova etapa estava começando, e ela deveria ser forte o bastante para seguir em frente. Depois de um tempo, adormeceu e sonhou que estava caminhando na praia com o vento batendo forte em seu rosto. Mesmo no sonho, o sentimento era de paz e tranquilidade.

Duas semanas depois, ela conseguiu alugar um apartamento. Comprou os móveis e decorou de forma simples, mas com um toque de personalidade. Começava a fase do reencontro emocional que ela tanto buscava. O coração estava em paz, apesar das marcas permanentes que ele carregava. Ela acreditava que o tempo traria as respostas que preencheriam a inquietude de sua alma.

Epílogo

Epílogo

O telefone tocava insistentemente enquanto Sabrina tomava banho. Era uma manhã de domingo, e o sol prometia um daqueles dias perfeitos. Nenhuma nuvem no céu. Ela já tinha feito uma caminhada matinal, de quase duas horas, e não estava disposta a deixar a banheira para atender ao telefone. Quando terminasse, retornaria a ligação. Saiu do banho, secou o cabelo, olhou-se no espelho e gostou da imagem refletida. Enxergou uma mulher madura, com as marcas do tempo expressas no rosto, porém ainda bonita. Nem parecia que já beirava os quarenta anos. Sentia-se jovem, com disposição para os novos desafios que poderiam surgir.

Os dois anos em Aix-en-Provence haviam trazido para ela a oportunidade de se relacionar consigo mesma. As noites solitárias permitiram que ela avaliasse tudo que havia acontecido em sua vida. Percebia que agora podia apreciar a natureza de uma forma diferente. Em seus passeios pelos campos de lavanda, pelos parques e pelas avenidas, sentia a grandeza da presença de Deus nos caminhos percorridos. Sabrina tinha absoluta certeza de ter sido feliz, em todos os sentidos. Tivera, ao longo da vida, o afeto de sua família, a dedicação dos amigos, a realização do sonho de infância e a plenitude de um grande amor.

Miguel apareceu de forma arrasadora, trazendo a felicidade que ela sempre buscou. Um amor completo em todos os sentidos, uma entrega total e sem limites. Infelizmente ele partiu cedo, deixando um vazio que nunca seria preenchido. Sua ausência, porém, era uma coisa com a qual ela ainda estava aprendendo a lidar de alguma forma. Miguel seria para sempre sua referência, o seu incentivo para continuar em frente. O telefone tocou novamente. Ela atendeu, e uma voz conhecida falou do outro lado da linha.

– Bom dia, Sabrina. Está um dia lindo e pensei em convidá-la para passear. Podemos visitar um lindo campo de lavanda e depois almoçar em algum restaurante na região – disse Marcos.

Desde que se conheceram na noite do concerto, quando depois saíram para jantar com as amigas, eles continuaram a se encontrar. Marcos já havia se declarado, falando sobre seu encantamento com ela, e propondo um relacionamento sério e duradouro. Naquele jeito franco dos lusitanos, ele havia deixado bem claro quais eram as suas intenções. Sabrina é que ainda não se decidira. Ele trazia toda a tranquilidade e o companheirismo que ela acreditava necessitar nesse momento de sua vida. Homem maduro, calmo e com os sentimentos resolvidos, ele também buscava um novo recomeço. Marcos tinha um casal de filhos adolescentes que morava em Lisboa e estava separado da esposa há mais de cinco anos. Durante esse tempo, ele também havia buscado conhecer mais profundamente seus sentimentos e entender, de forma clara, o que queria como razão para uma nova caminhada.

Em seus encontros, Sabrina descobriu a esperança, a inquietude e o medo. Sentimentos que afloram quando o amor e a paixão aparecem. Eles sabiam que não se tratava de um sentimento fugaz e passageiro. Era a crença de que poderiam abrir uma janela de oportunidades, pois eram pessoas maduras e que traziam histórias para serem compartilhadas.

Ela precisava se decidir. No seu íntimo, uma luta interna era travada: queria ficar com ele e, ao mesmo tempo, hesitava em se entregar. Resolveu adiar uma vez mais a decisão e respondeu:

– Bom dia, Marcos. Desculpe não ter atendido antes, estava no banho. Hoje não posso sair com você, já marquei um almoço com a Valéria. Outro dia poderemos nos encontrar e fazer alguma coisa juntos.

Ele respondeu, um tanto desapontado:

– Sem problemas. Quando você puder, marcamos. Não se esqueça de que estou à sua espera.

– Oh! Como você é gentil. Desculpe não podermos nos encontrar hoje.

Sabrina aguardava a chegada de Valéria em sua casa para irem almoçar em um restaurante campestre. Nos fins de semana era um endereço que recebia muitos turistas e um programa apreciado por muitos moradores da comuna, que aproveitavam para espairecer e provar iguarias regionais. Quase ligou para a amiga para remarcar e poder sair com Marcos, mas não ficaria bem.

Na hora combinada, Valéria chegou, e as duas seguiram em direção à área rural. Os campos estavam lindos e floridos. Pararam várias vezes para apreciar a beleza da floração. Sabrina recordou de quantos momentos já havia passado nesses campos e nunca se cansava de apreciar a beleza das flores. Chegaram ao local, sentaram-se à mesa reservada com uma linda vista para os campos e pediram a comida.

Epílogo

Enquanto aguardavam, Valéria perguntou:

– Como está sua aproximação com o Marcos? Já decidiu se vai aceitar o namoro?

– Ele é um fofo! Muito educado, sempre me trata superbem e estou ficando tentada a me deixar levar – respondeu.

– Se eu fosse você, já teria aceitado. O Paolo fala que ele está completamente apaixonado por você.

– Vocês estão bem, não é? Paolo parece ser uma gracinha. Estou feliz por você!

– Sim, nós dois nos damos muito bem. Acho que tem tudo para dar certo. Sabe, querida, não deixe passar a oportunidade com o Marcos, você merece isso mais do que ninguém.

– Obrigada, Val. Estou pensando seriamente nisso. Hoje quase desmarquei com você para sair com ele.

– Devia ter feito isso, sua boba. Eu não ficaria chateada, pode ter certeza.

– Eu sei, mas não vão faltar outras oportunidades – respondeu.

Depois do almoço, já quase na hora de irem embora, Sabrina resolveu ir ao banheiro. Ao voltar, olhou para o outro lado do restaurante e qual não foi sua surpresa: Marcos tomava um café, observando calmamente a paisagem. Ela se aproximou e, quando ele percebeu, ficou pasmo.

– Sabrina, que coincidência! Não esperava encontrá-la aqui. De qualquer forma, é um enorme prazer. Não quer se sentar?

– Obrigada, Marcos, mas estou com a Valéria em outra mesa. Já terminamos de almoçar e estamos quase indo embora.

– Se não se importa, posso acompanhá-las para o café. Eu também já almocei – disse ele.

Ela sorriu e convidou-o para acompanhá-la. Marcos chamou o garçom e pediu que levasse seu café para a mesa delas. Sentou-se, cumprimentando Valéria, e se desculpou, caso estivesse incomodando. *Ele é muito educado,* pensou Sabrina. Conversaram por algum tempo e, ao se despedirem, ele perguntou se ela não queria dar um passeio pelos campos. Valéria entendeu o clima e disse para a amiga:

— Não se preocupe, querida. Eu volto sozinha. Fique com Marcos. A tarde está muito linda, e vocês podem aproveitar um pouco mais.

— Obrigada, Val. Você não vai ficar chateada?

Ela sorriu, beijou a amiga no rosto e respondeu:

— De forma alguma. Fiquem à vontade, nós nos falamos depois.

Valéria saiu, e eles ficaram por mais algum tempo no restaurante, conversando. Pediram outra xícara de café e depois seguiram para o carro. Marcos custava a acreditar na tamanha coincidência que levou Sabrina ao seu encontro. Quando ela disse que não poderia almoçar, ele havia ficado triste e desapontado. Então, pegou o carro e decidiu passar a tarde naquele lugar que sabia que ela apreciava. Entretanto jamais imaginou que se encontrariam naquele dia. Mais uma vez, o destino pregava uma peça.

Sabrina também achava que o acaso havia conspirado para aquele encontro. Chegou a pensar em cancelar o almoço com Valéria para sair com ele e, agora, Marcos estava ali, na sua frente. Era um sinal, e ela acreditava que fazia todo sentido. Não queria alimentar sonhos, mas alguma coisa nascia dentro dela. Quem sabe uma nova oportunidade de ser feliz? *Afinal, é para isso que viemos a esse mundo,* pensava.

Marcos segurou sua mão, e Sabrina aceitou o toque com naturalidade. Saíram do restaurante de mãos dadas, sem trocar nenhuma palavra. Ele ligou o carro e saiu, deslizando suavemente pela estrada ladeada por campos de lavanda. Sabrina tentou fechar os olhos, mas as pálpebras não obedeceram.

No rádio, uma linda canção começou a tocar: *Sous Le Vant*, de Garou, com participação de Celine Dion.

Epílogo

Et si tu crois que j'ai eu peur
E se você crê que eu estou com medo

C'est faux
É falso

Je donne des vacances à mon coeur
Eu dei férias ao meu coração

Un peu de repôs
Um pouco de descanso

Et si tu crois que j'ai eu tort
E se você crê que eu estava errado

Attends
Espere

Respire un peu le souffle d'or
Respire um pouco do sopro dourado

qui me pousse en avant
Que me impulsiona adiante

et...
e...

Fais comme si j'avais pris la mer
Foi como se eu fosse pelo mar

J'ai sorti la grand voile
Eu armei a grande vela

Et j'ai glissé sous le vent
E deslizei sob o vento

Fais comme si je quittais la terre
Foi como se eu deixasse a terra

J'ai trouvé mon étoile
Eu encontrei a minha estrela

Je l'ai suivie un instant
E a segui por um instante

Sous le vent
Sob o vento

Ela fitava o horizonte, onde o céu se encontrava com as montanhas e prosseguia ao infinito. Os campos de lavanda, com suas flores balançando ao sabor do vento, faziam uma coreografia interessante. Eram como bailarinos deslizando em um palco. Ela deu asas à sua imaginação, e seus pensamentos voaram. Deixou-se levar por caminhos ainda desconhecidos. Marcos diminuiu a velocidade e parou o carro no acostamento. Virou-se para ela, segurou seu queixo e disse:

– Estou muito feliz por estar aqui com você!

Ela recostou-se em seu ombro, ele a beijou, e Sabrina correspondeu com emoção. Sentia-se bem. Estava feliz e pronta para se permitir novas possibilidades.

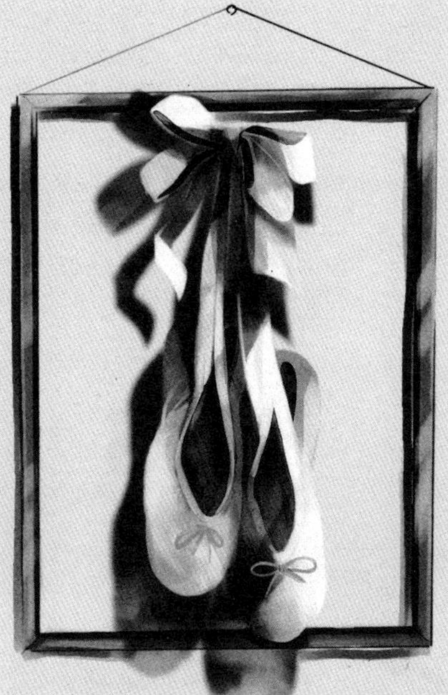

Compartilhando propósitos e conectando pessoas
Visite nosso site e fique por dentro dos nossos lançamentos:
www.gruponovoseculo.com.br

facebook/novoseculoeditora
@novoseculoeditora
@NovoSeculo
novo século editora

gruponovoseculo.com.br

Edição: 1ª
Fonte: Garamond Premier Pro / Cinque Donne